LE JEUNE HOMME EN COLÈRE

L'instant de la photo...
Paul Strand et Claude Roy, Gondeville, été 1951.

Michel Boujut

LE JEUNE HOMME EN COLÈRE

récit

arléa

16, rue de l'Odéon, 75006 Paris

ISBN 2-86959-388-0

A la mémoire de
Pierre Boujut et de Claude Roy,
jeunes gens d'autrefois.

« ... il est possible qu'Ernst, jeune écolier photographié en 1931 par Kertész, vive encore aujourd'hui (mais où, comment ? Quel roman !). »

Roland Barthes,
La Chambre claire

1

Une photo, c'est souvent une chanson sans paroles. Un air dans la tête, un refrain qui s'accroche. Cette photo-là, en noir et blanc, j'attends depuis longtemps qu'elle se révèle à moi. Je la regarde et elle m'interroge. Je l'interroge et elle se dérobe.

Tout date du jour où j'achetai d'occasion le livre *La France de profil* – photos de Paul Strand, textes de Claude Roy. C'est là qu'elle m'attendait, tapie parmi beaucoup d'autres dans la lumière de paysages paisibles et de visages anonymes. La franchise têtue, et que rien ne semblait devoir entamer, d'un jeune paysan en salopette, tricot de peau et bras nus. Visage lisse et hâlé, comme verrouillé du dedans, d'un *Roland furieux*. Avec quelque chose d'irréductible qui fulmine et qui culmine au fond de son regard. Plus qu'une bouderie passagère ou la contrariété d'un instant, une affirmation résolue et définitive de l'être tout entier, la fronde d'un adolescent nous prenant à témoin de sa colère rentrée à grand-peine. Je n'ai pas eu beaucoup de chocs photographiques comme celui-là. Aussi soudains et persistants. Depuis lors, en effet, la photo célèbre du jeune homme n'a cessé de m'intriguer et de me défier, chaque fois que je la rencontre, au détour d'un magazine ou d'un catalogue, sur une carte postale ou une affiche.

Au-delà de sa puissance d'expression et de l'orage de sa composition, ce qui continue de lui donner à mes yeux une signification particulière tient à sa légende : *Jeune Homme, Gondeville, 1951.* Gondeville-sur-Charente, près de Jarnac, ma ville natale, sur la rive gauche du fleuve. Un petit village, bien caché derrière son rideau de peupliers bruissant dans la prairie mouillée. Si bien caché que l'Histoire semblait l'avoir oublié. Que certain jour d'été de mon enfance, le New-Yorkais Paul Strand, venu de si loin, s'y soit arrêté et y ait tiré le portrait à un jeune quidam du coin m'a toujours paru si extraordinaire qu'il va bien me falloir en avoir le cœur net. Tirer ça au clair, cette rencontre du *World famous American Photographer* et de son Gavroche en sabots. Tirer ce fil comme on *tire* une photo. Retrouver l'anonyme d'autrefois, mais aussi l'*avant*, l'*après*, l'*autour* de la photo, comme dit Denis Roche. Son comment et son pourquoi, le hasard de sa conception, la nécessité de sa création. Entrer dans une photo, mais pour y trouver quoi, exactement ?

Je ne dois pas omettre un détail, au demeurant, qui a son importance. A Jarnac, mon père, le poète Pierre Boujut, était un ami d'adolescence de Claude Roy, avec qui, avant guerre, il avait créé une feuille de choux intitulée *Reflets*. Claude Roy, l'auteur du texte d'accompagnement de *La France de profil*, qui avait accueilli Paul Strand, en 1951, dans sa maison familiale, près de Gondeville...

2

Dans le Jarnac de mon enfance, notre grande maison est close de hauts murs. Ils me protègent et ils m'étouffent... Cet été-là, je viens tout juste d'avoir onze ans et je commence à me douter que le monde, derrière ces murs, est plus opaque qu'on veut bien me le dépeindre. Pour l'heure, la grande boucle du Tour de France mobilise toute mon attention. J'ai l'oreille collée au poste de radio dont l'œil vert clignote.

Sous le hangar, les deux tonneliers qui travaillent pour mon père ont leurs chantiers : André Moquay et Gaston Brillet. Je peux reconnaître de loin chaque étape de leur labeur. Le bruit sourd de la *doloire* pour dégrossir les *douelles* en chêne, celui, chuintant et délicat, de la *coulombe.* Le bat-à-deux syncopé sur les cercles de fer de la barrique. Au milieu, un brasero, ou *grâlasse,* pour chauffer les douelles et les rendre moins cassantes. Après vient le rognage sur le *basset,* comme un canon sur son affût. On *écaboche* avec l'*asseau,* et on taille le *chanfrein,* avant de *tirer le jâble...*

Mais le travail donne soif : Gaston Brillet vidait ses cinq-six litres de blanc par jour. Mon père, s'en alarmant, versa un matin dans les bouteilles certaine poudre blanche censée dissuader son tonnelier. Dès le lendemain, Tonton, comme nous l'appelions, la mine soucieuse, s'ouvrait à mon père :

– Je sais pas ce qui se passe, Pierre, mais j'ai plus goût au blanc !

Et il laissait tomber, après un silence :

– Je crois que je vais devoir me mettre au rouge !...

Le dimanche, nous allons au temple protestant de la rue Abel-Guy. Ma grand-mère paternelle nous y entraîne. Sans remettre en cause son appartenance à la religion réformée, mon père tenait à marquer la distance qu'il entretenait avec elle en lisant ostensiblement un livre ou une revue pendant le sermon mortifère du pasteur. Une façon de lui faire comprendre qu'il était là sans y être... Il émane du culte un ennui pesant, une solennité de belles âmes, avec vue imprenable sur une foi orgueilleuse. Je rêvasse et bâille à m'en décrocher la mâchoire.

Après le culte, nous retraversons la ville en famille pour le repas dominical, chez mes grands-parents maternels, dans le quartier des Chabannes, déjà à la limite de la campagne. Aux fourneaux depuis le matin, ma grand-mère Suzanne a mis tout son savoir dans tels gigot purée, civet de lièvre, foie de veau poêlé ou langue de bœuf sauce piquante dont l'odeur nous parvient de la cuisine. Ses mousses au chocolat, servies dans des ramequins en porcelaine blanche, avaient une onctuosité et un moelleux inimitables...

Au cours de la promenade rituelle entre hommes, mon grand-père Georges fumait des Craven A, mon père la pipe. Le beau-père et son gendre s'entendaient bien, malgré leur différence de caractère. Le premier était taciturne et discret, le second exubérant et communicatif. Adhérents tous les deux de la vieille SFIO et unis dans la même haine de la guerre, ils me donnaient mes premières leçons de géopolitique. L'URSS (ses camps, son grand fossoyeur et ses petits laquais) restait leur sujet de prédilection.

Grand-père était le plus orthodoxe dans ses convictions socialistes. Il se souvenait avec émotion avoir été assis aux côtés de Léon Blum, lors d'un congrès. Il citait souvent, lui, le malheureux poilu de la Grande Guerre, une phrase de Jaurès qui m'est restée en mémoire : « Le capitalisme porte en lui la guerre, comme la nuée porte l'orage. » Papa jugeait cela un peu simpliste, la violence résidant selon lui dans le cœur de l'homme, non dans un système économique. L'Indochine en flammes avait sonné le glas de ses illusions. Revenu en 1944 de quatre ans et demi de captivité en Autriche, il avait rêvé très fort dans son Stalag d'une ère nouvelle.

A Jarnac, il se désolait que le monde de l'après-guerre ne fût pas plus fraternel et moins mesquin. Lui agissait en tout avec transparence, homme sans calcul qui puisait son élan dans la confiance à autrui.

Le dimanche, il arrive que nous prolongions parfois la promenade jusqu'à Gondeville où, sur la place de l'Église, en toutes saisons, les hommes jouent aux boules sous les tilleuls. J'y ai peut-être croisé un jour le jeune homme de la photo. Car je ne le perds pas de vue, l'autre, sous sa tignasse tenace. Ce n'est pas de ma faute si c'est par lui que j'accède à ce que j'avais longtemps cru tari en moi. Et presque non avenu. Mon enfance... On peut se tromper !

3

Commencer par le commencement, autrement dit par le village où, jadis, un artiste transatlantique avait croisé, un jour, un jeune plouc en pétard. Gondeville où Claude Roy revenait chaque été dans la maison de ses parents. Gondeville dont le maire, aujourd'hui, n'est autre qu'Annie Davy, la voisine d'en face dans la rue de mon enfance, entre la boulangerie Bellet et la forge du père Germain. Encore une coïncidence dans cette histoire où il semble que j'aie tant de fils à renouer, de nœuds à démêler.

L'été, Annie jouait du piano, fenêtres ouvertes. Son père était imprimeur. J'aimais bien l'odeur d'encre de son atelier, et le halètement de la presse, et le cliquetis des bras métalliques qui se saisissaient, une à une, des feuilles de la pile. Aussi souriante qu'autrefois, Annie m'attendait dans sa mairie, beau logis du XVIIIe où l'on accède par une allée de tilleuls.

– Je me suis renseignée sur le jeune homme, depuis ton coup de fil... C'est un fils Grijalvas,

Claude Grijalvas. Il a quitté le village au milieu des années 50... Non, il n'est pas décédé, ce serait forcément inscrit sur le registre de l'état civil. Il n'y a pas trace, non plus, d'un Grijalvas Claude sur le Minitel, j'ai vérifié. Marcel et Jeanne, ses parents, sont morts depuis longtemps.

Puis, Annie a sorti des archives le gros registre des délibérations du Conseil municipal des années 50. Vote du budget, électrification, entretien des chemins vicinaux, nettoyage des haies, puits et fontaines, acquisition d'un appareil de projection de la maison Debrie, à Paris, pour la salle des fêtes. Coût : deux cent mille francs. Concours de chars fleuris pour la fête des vendanges. Recrutement d'un nouveau tambour-cantonnier-fossoyeur. Notification aux nomades dont les roulottes sont déclarées « indésirables » sur le territoire de la commune... Une assistance médicale gratuite est consentie à Seconde Grijalvas, « la grand-mère du jeune homme de la photo », a précisé Annie, avant d'ajouter :

– J'ai oublié de te dire que la sœur de Claude, Suzanne, habite maintenant à Saintes. Je t'ai noté son téléphone au cas où...

En sortant, sous le ciel empourpré, je me suis arrêté au vieux pont de pierres de Vinade, en amont de Gondeville. Michèle, camarade d'école, habitait là avec sa mère, les pieds dans l'eau, au bord du fleuve. Sur notre photo de classe de l'année 1954, prise sous le préau juste avant les vacances, elle se tient bien cambrée, cheveux courts et taille fine, et déjà des seins qui pointent sous le gilet fermé. Sur le tréteau du haut, j'ai la tête un peu penchée, raie sur le côté, col ouvert sur un pull échancré. Aux concerts des Jeunesses musicales de France, dont les conférenciers nous faisaient bâiller d'ennui, je lui tenais la main dans le noir. Un jour, elle m'avait confié qu'elle quitterait le pays dès sa majorité, « pour ne pas avoir à le détester » !

Par quel heureux hasard un article du *New York Times* m'est-il tombé sous les yeux ? « Une maison française modeste et pleine de charme ». Toute une page, avec photos couleur du pont de Vinade et du logis recouvert de vigne vierge où vivaient autrefois Michèle et sa mère. Chambres d'hôte aujourd'hui. Rien, au demeurant, ne distinguait le récit de la journaliste de l'habituelle plongée dans un terroir, survol pittoresque et regard touristique. « Comment peut-on encore être charentais ? », semblait se demander la New-Yorkaise... La photo du jeune homme de Gondeville lui eût sans doute apporté la réponse ! Ce qu'elle me donne, à moi, c'est la sensation retrouvée d'une si longue absence, une lumière, une odeur. Le début d'une histoire. Je ne peux cheminer autrement à la recherche d'un fantôme.

4

Depuis quand les photographes sont-ils mes héros culturels ? Mon premier livre de photos fut le *New York*, de William Klein, en 1956. L'anti-Paul Strand par excellence, avec l'énergie brute de photos bougées, décadrées, agressives et sales. A flanc de bitume, les Blacks de Harlem, les WASP d'Upper Manhattan, les chinois de Chinatown, les italiens de Little Italy et les juifs de Brooklyn... « New York sous son vrai jour, disait Klein : minable ! »

Plus tard, j'ai rencontré quelques maîtres de l'obturateur, tel Brassaï m'expliquant que « seules les images fortement *saisies* ont la faculté de pénétrer profondément dans la mémoire, d'y rester et de devenir, en somme, inoubliables. » Son *Paris secret des années 30* fut un autre de mes engouements durables. Réverbères et rues luisantes. Bal nègre et fumerie d'opium, maisons d'illusion et fête foraine. Apaches de Charonne, putains de la rue de Lappe ou des Halles, modèles de Montparnasse, travestis et souteneurs. « Ce naturel, remarquait-il, c'est aussi la réaction du personnage, sa réponse à moi qui suis en train de le photographier. » Ne bougeons plus, ne trichons pas !

Pour Willy Ronis, que je rencontre de temps en temps du côté de la place d'Aligre, « une photo réussie, c'est celle où l'on parvient à maîtriser le hasard ». Nécessité de composer, attente du moment idéal. « Cela se mérite, cela crée des moments de pure exaltation, au moment du déclic. Il m'est arrivé de crier tout seul de bonheur en déclenchant l'obturateur !... Il y a des images qui m'ont laissé une trace indélébile. Je retourne régulièrement rue de la Cloche, dans le XXe, là où j'ai fait en 1948 une des photos que je préfère, celle d'une jeune femme qui me jette un regard furtif avant de rentrer chez elle... Sans doute ne suis-je pas tout à fait un photographe de mon siècle, ni intrus, ni voyeur. Romancier de la photo, peut-être. »

Un romancier, un photographe, c'est à dire celui qui sait imposer l'exigence d'une vision et d'une forme.

Paul Strand, par exemple...

5

« Je suis né en 1890 à New York, dans la East 73e Rue. Mes grands-parents étaient arrivés de Bohème vers 1840. Mon père était voyageur de commerce avant de s'installer à son compte : amateur d'art et de peinture, il a compris ma vocation et je lui sais gré de son soutien. Je me souviens que, quand j'étais très petit, j'avais une tante qui m'emmenait au zoo, à Central Park, au Metropolitan Museum : de là date mon amour pour les musées et les zoos. Évidemment, cela n'est pas le début de ma vie de photographe. Quand j'ai eu douze ans, on m'a offert un appareil photo, le Brownie d'Eastman, une simple boîte, et j'ai commencé à faire des photos : expérience très courte, qui ne m'a pas particulièrement fasciné. »

Les autobiographies d'artistes sont comme le papier tue-mouches. On s'y englue, on ne s'en dépêtre plus. Paul Strand n'a pas écrit la sienne. Pour le suivre dans le siècle, de New York, New York, à Orgeval, Essonne, j'ai dû piocher ici et là. Me servir dans la boutique obscure du photographe, retenir ce que sa trajectoire eut d'exemplaire, faire le tri pour mieux comprendre. Les lignes qui précèdent sont les premières d'une interview de Paul Strand recueillie deux ans avant sa mort.

C'est Lewis Hine (il a déjà réalisé sa série de clichés des émigrants d'Ellis Island), son prof à l'Ethical Culture High School, qui présentera Paul à Stieglitz, le fondateur du groupe *Photo-Secession*, dont la Galerie 291, sur la 5e Avenue, est devenue le laboratoire d'une avant-garde radicale, la *Lyrical Left*, « en révolte contre toute autorité artistique ou autre ». Les premières photos de Paul paraîtront en octobre 1916 dans la revue de Stieglitz, *Camera Work*, où ne trouvent place que les créations hardies et novatrices. Deux autres séries de ses photos seront publiées dans le numéro ultime de la revue, en juin 1917 : études abstraites d'ombres et de lumières, portraits d'une marchande de journaux aveugle, d'un homme-sandwich ou d'un mendiant au Derby... Stieglitz, l'idole de Paul, l'avait pourtant traité sans ménagement, comme on ferait avec un vague suiveur. Puis il avait compris : « Son œuvre est brutalement directe, dénuée de tout clinquant, de toute tricherie. »

6

De son premier livre, *Time in New England* (1950), comme des suivants, Paul expliquait qu'ils étaient construits comme des films, « sur un scénario ». D'où sans doute, pour lui, cette faculté de passer sans hiatus de la photo au cinéma. Scénarisé et tourné en 1941-42 avec son ami Leo Hurwitz, *Native Land*, était apparu aux yeux du jeune communiste Claude Roy, en visite aux États-Unis après la guerre, comme « un essai sur l'injustice, le racisme et le meurtre considérés comme les beaux-arts de l'Amérique contemporaine » ! Strand et Hurwitz y mêlaient matériau brut et plans très composés, images d'actualités et scènes jouées, pour dénoncer avec un lyrisme offensif les atteintes aux droits de l'homme et à la liberté syndicale perpétrées par les hommes de main du grand Capital... « Nous devions avoir une conception dynamique du réalisme, remarquait Strand, quelques années plus tard... *Il s'agissait de prendre parti* ! »

Claude Roy avait découvert *Native Land* lors

d'une grande rétrospective de l'œuvre photographique de Paul, au MOMA de New York, en 1945. « C'est là, écrivait-il, que je me suis pour la première fois cogné à ses images silencieuses et graves dont la beauté nous prend à rebrousse-poil de toutes les facilités que les photographes, d'ordinaire, aiment se donner et donner à nos yeux... Strand faisait surgir de la plaque sensible une sensibilité contenue. La froideur apparente de ses images rendait plus étonnante encore la chaleur sourde de ce qu'il avait à exprimer. Il se plantait devant un visage d'homme... et il laissait faire... »

C'est un communiste qui parle d'un autre communiste. Mais l'émotion n'est pas de commande. N'est-on pas en pleine guerre froide ? « Renforcement de la lutte des classes » à l'Est. « Défense de la démocratie » à l'Ouest. Des mots, bien sûr, mais des mots qui tuent.

En 1950, les membres de la *Photo League*, à la création de laquelle Paul a participé activement, sont sur la liste noire du sénateur républicain Joseph McCarthy, le Savonarole du Wisconsin. Au cours d'un meeting dont il est l'orateur principal, Paul déclare vouloir continuer à défendre « les libertés américaines ». Des télégrammes de soutien signés Edward Weston, Ansel Adams et Dorothea Lange seront lus au micro. Lui-même adresse un message à l'attorney général, aux élus new-yorkais et aux journaux : « Nous, les cent trois membres de la *Photo League*, réunis ce soir à l'hôtel Diplomat, rejetons catégoriquement l'accusation de trahison qui pèse sur nous. Nous considérons de notre devoir de dénoncer une grave violation des droits constitutionnels. Et vous appelons à restaurer nos droits et ceux de la nation... »

Rien n'y fera, bien sûr, la *League* sera dissoute.

Invité en août 1949, au festival de Marianske Lazne (Marienbad), en Tchécoslovaquie, pour y présenter *Native Land*, Paul y recevra le prix du meilleur scénario. A Prague, la défense du « socialisme assiégé » passe par des procès mis en scène à la façon moscovite. Paul ne veut rien voir, ne veut rien savoir. Il est vrai que, pour l'heure, il est en train de rompre avec son propre pays qui lui semble devenu fou. « Le maccarthysme, écrit-il, se répand partout et empoisonne l'esprit d'un nombre effarant de gens... »

7

1951. Paul Strand est *un Américain à Paris*, comme Gene Kelly dans le film de Minnelli sorti cette année-là. Un Américain qui a choisi l'exil par conscience. Il réalise quelques portraits d'artistes, dont ceux de Braque et de Picasso. Puis commence un périple au long des routes « museuses et capricieuses », du Finistère aux Pyrénées, et du Haut-Rhin aux Vosges. Un peu partout, sur les murs des villes comme en rase campagne, il peut lire un slogan qui résonne étrangement en lui : « *US go home !* » La France est le pays des camarades, du peuple sorti en armes des forêts profondes pour chasser l'envahisseur nazi. Nul doute qu'un communiste américain puisse y vivre et réaliser son œuvre !

Hazel Kingsbury l'accompagne. Ils sont mari et femme depuis le mois de février. C'est leur voyage de noces, en somme, en même temps que la recherche du *village idéal*, « *in which to make a social portrait* ». Une vieille idée de Paul, née autrefois de la lecture de *Spoon River Antho-*

logy, du poète Edgar Lee Master. Pas un village idéalisé où « la terre ne ment pas », un vrai village de chair et de sang, sans trucage et sans pittoresque, où l'accord entre les hommes et leur terre est tissé de dur labeur et de réalité têtue. Une des premières étapes de Paul et d'Hazel les mène au village de Gondeville, Charente, où Claude Roy les accueille dans sa propriété familiale sur le coteau. Il a longtemps vécu là, au hameau de Marancheville, entre des parents désaccordés, et y revient de temps en temps pour veiller sur sa mère, très alerte « vieille dame indigne », depuis le décès de son époux, un peintre paysagiste, comme en pénitence dans ce pays qu'il n'avait pas choisi.

Dans *Nous*, paru en 1972, il ironise sur sa défroque de « bon propriétaire terrien qui sait faire vieillir son cognac dans de bons fûts de chêne », et sur l'écrivain qui, « au lieu de se disperser, va lentement faire mûrir en silence la récolte de ses pensées ». En vérité, il soupire à l'idée d'une vie toute tracée, « avec le regard de tous fixé sur tous, le poids de la communauté : la tribu souveraine... »

Claude Roy voit donc débarquer un matin Paul et Hazel dans sa cour charentaise. « Paul, écrit-il, avait un pas de paysan, un bon visage boucané, tanné, des mains patientes, une curieuse ressemblance avec un certain visage de Picasso (Picasso sans la fièvre). » Leur « voiture de romanichels » déborde, note-t-il, « de grandes et lourdes caméras, tout un attirail qui ressemble plus à celui d'un photographe de l'âge de Nadar, Bayard ou Atget, qu'à celui des jeunes reporters-poètes de l'école de Brassaï, la belle équipe des Cartier-Bresson, Doisneau, Izis et compagnie ».

A soixante et un ans, le jeune marié – béret français et veste de tweed usée – paraît aussi obstiné et têtu que l'un de ces paysans charentais qu'il va photographier. Il les regarde avec respect et leur trouve bien des points communs avec les péons du Mexique, les éleveurs du Maine ou les pêcheurs de Nouvelle-Angleterre. Mêmes traits rugueux, mêmes mains calleuses. Même dignité, surtout. « Les gens sentaient l'estime de Paul pour eux, remarque Hazel dans un documentaire de Claude Ventura, mais lui était incapable de la leur exprimer. » C'est ainsi, le photographe n'était pas un homme du verbe et de la communication. C'est par le regard que ce taciturne établissait le contact.

« J'aimais l'idée d'être confiné dans une *small place*, dira-t-il plus tard, et d'avoir à travailler à cette échelle. » Étranger, Paul ne s'est pas introduit dans la vie du village comme quelqu'un qui vient de l'extérieur. « S'il nous a appris quelque chose sur notre pays, sur ses gens, confirme Claude Roy dans *La France de profil*, ce n'est pas parce que son regard avait une fraîcheur, une nouveauté, une candeur exceptionnelles. Mais parce qu'il s'est laissé descendre dans la profondeur taciturne de la nation France... »

8

– Quand Paul est arrivé en Europe, on ne le connaissait guère de ce côté-ci de l'Atlantique.

Catherine Duncan, qui m'en fait la remarque, est australienne de naissance et parisienne d'élection, octogénaire et vif-argent. Elle fut la collaboratrice de Paul, affaibli et malade, au début des années 70. « Il me dictait ses textes, écrit-elle dans son « Portrait intime » paru dans l'album *Le Monde à ma porte*. Il y avait de longs silences, mais il ne perdait jamais le fil de sa pensée, malgré les efforts que cela lui coûtait. » Pour Kathe, il va de soi que la place de Paul dans l'histoire de la photo ne peut que grandir.

– Il avait décidé très tôt de photographier l'homme au milieu d'un paysage à sa mesure... Mais jamais ceux qui ont été détruits par la vie... D'où la recherche du village utopique, comme vous savez, qui aurait pu exprimer ses idéaux. Finalement, il ne l'a jamais trouvé, mais il l'a recréé ! En assemblant des petits bouts, par-ci, par-là...

Si Kathe Duncan émet quelques réserves sur *La France de profil*, et sur sa maquette qui lui semble réduire les images de Paul au rôle d'illustration, la photo du jeune irréductible l'impressionne toujours autant.

– Je crois que Paul a dû être le premier surpris par son portrait. « On me demande souvent, disait-il, comment je choisis mes sujets. La réponse est que je ne les choisis pas. Ils me choisissent... » Dans l'expo de Paul qui circule actuellement à travers toute l'Europe, c'est toujours cette photo qui provoque le plus de réactions. Les visiteurs se retrouvent immanquablement devant elle et s'interrogent. Vous n'imaginez pas la diversité des commentaires qu'elle suscite. On ne peut avoir, du reste, qu'une réaction personnelle quand on croise le regard du *young boy*. Ce qui donne sa grandeur à la photo, c'est sa part de mystère ! Je vous en prie, ne cassez pas le mystère !...

Je ne suis pas le premier, au demeurant, ni le seul, à vouloir forcer le verrou d'un visage. J'apprends à la télé que le milicien espagnol inconnu, immortalisé par la photo de Robert Capa en 1936, s'appelait Federico Borell Garcia, qu'il était âgé de vingt-quatre ans et avait créé une organisation des Jeunesses libertaires à Alicante, sa ville natale... En un dixième de seconde, sa vie avait basculé, mais c'est sa mort seulement qu'avait saisie Capa – les bras en croix, sous le feu des lignes franquistes. Soixante ans après, et beaucoup de morts en plus, la victime symbolique de la guerre d'Espagne retrouve son identité. C'est arrivé à d'autres. Je pense à la petite Vietnamienne, bras écartés, pleurant de peur et de douleur sous la brûlure du napalm américain. Et à la jeune fille au drapeau rouge de mai 68, hissée sur des épaules masculines. On les a retrouvées toutes les deux.

Ne nous y trompons pas, il y a des photos qui sont des bombes à retardement. Les identifier, serait-ce les désamorcer ?

9

Mon père adorait prendre des photos avec son Kodak à soufflet. De nous, ma mère et moi, en vacances sur la côte atlantique, au bord des vagues. Souvent, il mettait en marche le déclencheur automatique à distance – quel progrès ! – et nous rejoignait, en nous prenant dans ses bras. Sur son visage, je lis autant de douceur que de détermination. Car il n'était pas homme à mettre son drapeau dans sa poche, cela remontait à loin. J'en trouve la trace dans deux carnets à couverture de toile noire : le *journal* du canonnier Boujut Pierre, à la caserne du 41e RAD d'Angoulême. Un soldat enragé contre l'armée et ses chefs. « On nous a photographiés par batterie, note-t-il en juin 1934. Fixés ainsi dans cet uniforme dégradant, derrière nos chefs maudits, ce sera un souvenir des mauvais jours. Plus tard, je ferai tout pour que mes enfants ne subissent pas la servitude militaire ! » Et, plus loin, il menace candidement : « Si jamais on nous fait faire six mois de rabiot : 1) je tombe malade.

2) j'envoie mon adhésion au parti communiste, le seul qui nous défend, nous les individus qui souffrons ! 3) je me saoule... »

En tant que père, depuis sa mort, il s'efface et s'éloigne. En tant qu'homme et poète, je ne l'ai jamais senti si proche de moi. Désormais, il m'accompagne, cet autre jeune homme en colère, prêt à mettre la crosse en l'air...

10

– Quand vous m'avez appelé, j'ai failli en avaler ma moustache ! Je finissais par croire que j'étais le seul à m'intéresser à cette photo ancienne. Et je désespérais de jamais retrouver le garçon de Paul Strand. J'étais pourtant allé à Gondeville, mais sans résultat...

Annie Davy m'avait parlé d'un moustachu à la recherche du jeune homme de la photo : François Huchet, photographe reconverti dans la restauration et l'hôtellerie, à l'enseigne du Vieux Logis, à Clam, Charente-Maritime. Un concurrent, un rival, peut-être.

– J'ai longtemps pensé que la photo était datée des années 30 ou 40, avait commencé par me dire Huchet. Comme s'il y avait quelque chose d'un temps plus ancien dans la composition de ce visage parfait. Quand j'ai lu la date sur la légende, j'ai cru à une erreur... En tout cas, cette photo, elle sent le foin, vous êtes d'accord ? Et la poussière des moissons, c'est sûr ! C'est une photo d'une franchise à toute épreuve, si j'ose dire. Le plus troublant, c'est de se demander devant une tête pareille : comment celui qui la porte a pu se transformer avec le temps... Et si la colère l'habite toujours. Remarquez, plus que la colère, je sens sur ce visage une violence rentrée, comme si quelque chose allait surgir de lui, là, au moment précis du déclic... Mais vous, au fait, comment l'avez-vous découvert, ce portrait ?

Je lui résume toute l'histoire, le livre acheté d'occasion, mes racines charentaises, l'amitié de Claude Roy et de mon père...

– C'est incroyable sur quoi on peut mettre la main, à partir d'une photo... Je me suis dit que, si cet homme était encore en vie, il faudrait essayer de le retrouver. Et le faire poser de nouveau devant son portail. Dans l'axe, la focale, la lumière d'autrefois... Oui, un *remake*, je sais que ça peut paraître un peu naïf !

Dans son labo, en attendant, Huchet a voulu pousser la photo dans ses ultimes retranchements, resserrant chaque fois un peu plus sur les yeux du garçon. Comme un astronome braquant son télescope sur une galaxie. La galaxie d'un regard noir. Roland Barthes, avant lui, avait déjà fait le tour de la question. « Si j'aime une photo, écrivait-il, je m'y attarde. Qu'est-ce que je fais, pendant tout le temps que je reste là devant elle ? Je la regarde, je la scrute, comme si je voulais en savoir plus sur la chose ou la personne qu'elle représente. J'ai envie d'agrandir ce visage pour mieux le voir, mieux le comprendre, connaître sa vérité. Hélas, j'ai beau scruter, je ne découvre rien : si j'agrandis, ce n'est rien d'autre que le grain du papier. Je défais l'image au profit de la matière. »

Blow-up...

11

Un jour de moisson d'autrefois, dans une France rurale qui vit ses derniers jours à l'ancienne, juste avant la mécanisation et l'exode vers les villes.

Il avait fallu se lever à l'aurore, et s'envoyer, vite fait, un bol de café-chicorée, avec une grosse tartine de pain de quatre livres.

La tribu Grijalvas se tient devant son portail. On se met en marche derrière la moissonneuse-lieuse louée à la coopérative. A peine arrivé, on s'active à pleins bras avec les faucilles. Les *gerbes d'or* au bout de la peine des hommes. A onze heures trente-midi, on rentre à la maison, ou bien on casse la croûte sur place, à l'ombre d'un chêne. Tartines de grillon avec un bol de mongettes froides. La piquette maison circule de mains en mains, coupée d'eau pour pas qu'elle vous monte à la tête. Sous le soleil, ça ne pardonne pas ! On sent des picotements sur tout le corps, avec la poussière de paille qui colle à la sueur... Le père et la mère se disposent pour une petite sieste. Un instant, Claude va pouvoir échapper à la famille, aux tâches quotidiennes toujours à reprendre, aux récriminations, aux criailleries des parents, jamais contents de lui qui trime, pourtant, et de belle manière, pour son *padre padrone*, avec ses jeunes muscles saillants sous le tricot de peau. Il retrouve son coin d'ombre au bord de l'eau, en mâchouillant des mûres qui vous laissent des pépins entre les dents. Il se rêve une autre vie, forcément, mais quand on n'a pas le choix, on ne laisse pas trop vagabonder son imagination. Ça servirait à quoi ? Alors, il pique une tête dans l'eau fraîche, du côté de la cascade où mon père, jeune homme, venait se baigner, lui aussi, avec ses amis et ses flirts. Je n'ai pas besoin d'imaginer la scène, je l'ai vue dans un petit film tourné là peu après, en 1954, avec des adolescents qui s'éclaboussent en riant dans un arc-en-ciel de gouttelettes. Le moyen-métrage *Viennent les jours* réalisé par un enfant du pays, Serge Roullet, héritier fantasque et inspiré d'une lignée parpaillote de commerçants et de producteurs de cognac. Les travaux et les jours sous le ciel de Saintonge. Or Serge était le frère cadet du pasteur Yann Roullet, mort en déportation, un ami de jeunesse de Claude Roy... Il n'y a pas à dire, mon pays est tout petit. Chacun y mène à l'autre et à tous. A croire qu'il existerait une société secrète des enfants de mère Charente !

12

– Vous dites que ça s'appelle Gon-deville ?...

Marion Michelle, native de Cleveland, Ohio, détache chaque syllabe avec un accent cristallin. J'ai connu Marion dans des festivals de films documentaires, il y a plus de vingt ans. Photographe, documentariste, collaboratrice de Joris Ivens, toujours aussi enjouée à quatre-vingts ans passés, elle fut photographe de plateau pour Paul Strand pendant le tournage de *Native Land*, « un film, dit-elle, qui a une signification vitale pour le cinéma d'aujourd'hui »...

Pour Marion, la photo du jeune homme en colère est un des grands portraits du XXe siècle.

– Il est si puissant, dit-elle, si *compelling*, ce regard ! Il vous oblige à lui répondre. Si irrésistible qu'on ne peut pas regarder ailleurs et qu'il ne peut être question de prendre la tangente. Il vous perce, vous transperce. Il vous accapare... Dire que Paul a croisé ce regard, voilà qui est magnifique ! Ce que Paul a vu, je le vois de mes propres yeux... Et maintenant, vous voulez retrouver le jeune *farmer* de Gon-de-ville... C'est une *detective story* ! Bravo !

Marion vit aujourd'hui à Villiers-Adam, Val-d'Oise, aux côtés de son mari, le peintre Jean Guyard. Philémon et Baucis qu'eût pu immortaliser Paul.

– Le dimanche, chez lui, à Orgeval, il nous montrait ses dernières photos. Avant de passer à table. Comme un cérémonial... On se plaçait du côté de la fenêtre du jardin pour avoir la meilleure lumière. Il nous passait ses tirages qui circulaient de mains en mains. Il attendait notre approbation. Aucun des invités n'était en mesure d'exprimer des réserves. Il était difficile de trouver à critiquer. On se disait : « C'est parfait puisque Paul l'a fait ! »

– Paul, enchaîne Jean Guyard, était un shérif de western, du genre honnête et respectable, solitaire et courageux. La démarche lente, le caractère têtu... Tout à fait Gary Cooper dans *Le Train sifflera trois fois*. Et aussi américain que lui...

Marion sait tout ou presque du *shérif*. De son amitié avec Stieglitz, le maître, qui s'est resserrée dans les années 20. De leurs compagnes : Georgia O'Keeffe, peintre dont le renom agaçait le misogyne Edward Hopper, et Rebecca Salsbury, ancienne élève de l'Ethical School, que Paul épousera bientôt... Elle raconte le séjour des deux couples, l'été 1921, au bord du Lake

George, en Nouvelle-Angleterre, tel que Paul le lui avait narré. Trente ans exactement avant l'été de Gondeville, si je compte bien. Paul fait des portraits de Rebecca, douloureuse et fière. Confronte avec Stieglitz les problèmes techniques qu'il rencontre en matière de contraste, de lumière et de mouvement. Le temps de pose de son Graflex à chambre nécessitant la stricte immobilité des modèles.

Marion réinvente le décor, la maison en rondins, la forêt tout autour, les promenades dans la Ford T, les bains dans le lac aux Dames. La lumière est si belle qu'elle met les larmes aux yeux. C'est bien d'harmonie qu'il s'agit, dont chaque instant les nimbe...

– C'est durant cet été-là que Paul a réalisé son court-métrage *Manhatta.* Avec la petite caméra Debrie à manivelle de son ami, le peintre Charles Sheeler.

Il sera présenté en 1922 à Paris sous le titre *Fumées de New York.* En sept minutes, un poème expressionniste, une symphonie de la grande ville. New York, en effet, y fume de toutes ses cheminées, immeubles, usines, locomotives, remorqueurs et paquebots dans le port... Les vers de Walt Whitman, prophète barbu du Nouveau Monde, qui apparaissent sur les cartons, semblent se superposer aux images animées du photographe.

Dressez-vous, mâts élancés de Manhattan.
Dressez-vous, collines admirables de Brooklyn [...]
Lancez haut vos flammes, cheminées des fonderies [...]

– Dix ans plus tard, Paul s'était acheté une caméra portative Akeley. Et il s'était mis très sérieusement à gagner sa vie comme opérateur d'actualités sportives... Par la suite, il avait dirigé des scènes de seconde équipe, à Hollywood. Vous l'imaginez, l'ours mal léché, au milieu de tout ce luxe et de ces faux-semblants ?... En 1929, il avait emmené Rebecca en Gaspésie, au Canada. Pour la lumière froide et bleutée des lacs. Ensuite, ils avaient découvert ensemble les paysages du Maine, du Colorado et du Nouveau-Mexique... C'est là que Paul a commencé à réaliser la synthèse entre les hommes et la terre qui les porte. C'est-à-dire l'essentiel de son œuvre à venir.

Marion connaît aussi, de l'intérieur, l'aventure de *Frontier Film*, la coopérative gauchiste fondée par Paul à son retour d'URSS où il a fait la connaissance d'Eisenstein, mais où ses projets personnels n'ont pas abouti. *Frontier Film* réunissait une bande d'idéalistes qui se promettaient de « parler aux gens du monde dans lequel ils vivent ». Car ils croyaient dur comme fer, bien sûr, aux images qui ont le pouvoir de changer le monde.

En 1932, Paul était parti tourner au Mexique, avec Fred Zinnemann, *The Wave* (ou *Redes*), sur la lutte des pêcheurs d'Alvarado pour leur survie, un film qui anticipe largement sur la naissance du néoréalisme italien. Entre-temps, il avait divorcé de Rebecca, pour épouser Virginia

Stevens, future interprète de *Native Land.* Dans un documentaire du Canadien John Walker, en 1974, Virginia confessait sans détour : « Notre lune de miel était passée au second plan. C'est dans ses photos que Paul mettait le plus de passion et de compassion ! Avec lui, j'entrais dans une forêt obscure. Je partageai néanmoins des moments merveilleux, quand il me faisait prendre conscience de choses que je n'avais jamais remarquées. J'aurais seulement voulu le sentir plus proche, mais ça, il ne le pouvait pas ! »

Ecce Homo ! L'homme de la lumière était un arbre dans la forêt obscure. Si loin, si proche...

13

Le village que recherchait Paul Strand, c'est donc en Charente, au hasard des routes, qu'il crut en découvrir l'esquisse. Étrangement, cette idée des villages du monde, soumis, ici et là, aux mêmes effets et aux mêmes causes, et finissant par n'en plus former qu'un seul, recoupe très exactement le projet conçu par mon père pour un numéro de sa revue *La Tour de Feu* intitulé *L'Alliance des villages*, tiré à mille cinq cents exemplaires en septembre 1954. La démarche commune au poète et au photographe est pour moi une découverte inattendue. Un lien supplémentaire dans cette histoire tissée de coïncidences.

« Nous voulons voir l'homme que la ville cache, emprisonne, asservit, que le faubourg assassine, que le village lui-même abrutit ou confine », proclamait le texte liminaire de la vaillante, de l'incandescente *Tour de Feu.* Pour conclure sur ces fières paroles : « En chaque homme, un village résiste ! » Walt Whitman, le poète bien-aimé de Paul Strand et de mon père, n'eût pas écrit autre chose lorsqu'il chantait les travailleurs de son pays ou « le garçon de ferme en route dans le matin » qui ne peut que m'évoquer celui de Gondeville. *L'Alliance des villages* réunissait une belle brassée de poèmes-sarments prêts à s'enflammer. Celui de Robert Morel, par exemple, poète-éditeur en Provence, avec sa certitude têtue :

> [...] *La terre des travailleurs de la terre,*
> *Nous aurons beau lui ouvrir le ventre,*
> *La planter, l'arroser, la tailler, la vendre,*
> *La récolter.*
> *Nous aurons beau lui tirer son vin,*
> *Et son eau fraîche et ses groseilles.*
> *Nous aurons beau la couvrir d'ordures.*
> *La terre, la bonne terre,*
> *La terre n'est pas à nous.*
> *Elle nous échappe tous les jours,*
> *Elle nous tient,*
> *Elle nous retient.*
> *Mais ne nous appartient pas* [...]

En vers ou en prose, d'autres poètes envoyaient un salut fraternel depuis leurs villages respectifs des Flandres, du Maroc, de Seine-et-Oise, d'Australie, de Charente ou du Vaucluse. Certain « Morvandiau en blouse boquine » donnait des nouvelles de l'Oie, en Vendée, dans des lettres saugrenues où les « infimes événements » de son village se transformaient en épopées minimalistes, avec pour héros ses voisins, le boulanger, le garçon de ferme, le forgeron, l'enfant de chœur et le curé. L'épistolier à l'ombre de son clocher n'était autre que Gaston Chaissac, disparu avant qu'on ait tout à fait mesuré son génie inspiré de peintre brut, nullement naïf. Dans *Le Monde*, Yves Florenne, rendant compte de *L'Alliance des villages*, remarquait : « Voilà une revue qui fermente comme une cuve ! »

En bref, l'eau lustrale de la poésie baignait les agitateurs candides de *La Tour de Feu* qui n'acceptaient pas la fatalité d'une Troisième Guerre mondiale, contrairement à nombre de leurs contemporains. Les numéros de la revue, à la fin des années 40, s'intitulaient explicitement : « Silence à la violence », « Droit de survivre » ou « Contre l'esprit de catastrophe »...

Lors de la réunion annuelle de *La Tour de Feu*, fin juillet 1951, au moment où Paul Strand commence à réaliser ses portraits promis à une si belle postérité, le vigneron Robert Hillairet, commensal des poètes de Jarnac, les prend en photo dans la prairie des Épiciers, au bord de la Charente, à quelques centaines de mètres à vol d'oiseau du village de Gondeville dont on distingue, au fond, le rideau de peupliers. J'en retrouve le reflet jauni dans une coupure de l'édition locale de *Sud-Ouest*, en date du 2 août 1951. Mon jeune père semble songeur, aux côtés de ses amis venus des quatre points cardinaux, étendus au pied des roseaux qui s'inclinent sous la brise. Et, eux, les roseaux pensants, ils suivent le mouvement de la nature heureuse.

La photo des neuf poètes aux champs et celle du garçon rebelle se sont enfin rejointes. Dans un même temps et un même espace, que baigne la lumière douce du ciel de Saintonge. Avec ce vide de la mémoire qui peu à peu se comble.

Photos-miroir. Photos-tiroir.

14

L'été précédent, Roger Vailland a séjourné, lui aussi, chez son ami Claude Roy, à Maranchéville, au retour d'un voyage à Florence au cours duquel ils se sont frottés au communisme à l'italienne, Gramsci, Togliatti et tutti quanti. Le « koulak progressiste » et le « libertin bolchevik », c'est ainsi qu'ils s'appellent ironiquement l'un l'autre ! Deux sommités de la sphère des camarades, intellectuels vibrionnant de dons. Enfants gâtés du comité central. « Roger, précise Claude dans *Nous*, se voulait stalinien, totalement. Moi, j'acceptais sans plaisir que la Révolution fût liée à la Russie, de force plus que de gré. »

A bord de tractions-avant de l'entre-deux-guerres – « communistes convaincus et compagnons heureux » – ils battent la campagne aux côtés du député PCF de la Charente, Jean Pronteau. « Résistant qui s'était bien battu, remarque Claude Roy, il avait le front bombé du jeune général jacobin un peu génial, la patience explicative du vieux bolchevik, une vraie culture et un sens de l'humour que le sérieux de sa vie atténuait en ironie... Il nous apparaissait comme le futur " grand dirigeant " de notre génération, le secrétaire général de demain... »

La journée, ils se baignent dans la Charente et descendent son cours paisible en pagayant. Le canoë de Claude porte à sa proue le nom de *Fabrice del Dongo*... « Les vaches charentaises regardaient de la rive cet esquif iroquois et stendhalien, à l'avant duquel une sorte d'Indien maigre et noir au nez de chef sioux signalait à un autre Indien blond et rouge les bancs d'herbes, les rapides, ou les troncs submergés en travers du courant. » Le soir, après le dîner en famille, Vailland fait la lecture à haute voix de *La Philosophie dans le boudoir*, de Sade. « Il se désolait qu'on osât bâiller tandis qu'il lisait », ironise Claude.

Ensemble, ils rédigent une lettre au journal communiste *Action*, auquel ils collaborent l'un et l'autre, pour protester contre l'article d'un pisse-froid du parti jugeant « la poursuite du bonheur indigne d'un communiste ». « Nous travaillâmes deux jours sur une table de fer, sous un grand marronnier dont les chatons venaient atterrir sur nos feuilles, pour répondre à ce cuistre... *Le marxisme*, disions-nous avec un romantisme doctoral, *est la science du bonheur possible dans l'histoire* »... Nos deux mousquetaires-moscoutaires sont sur la mauvaise pente !

Pour s'être opposé à l'intervention soviétique en Hongrie, Claude sera exclu de son parti en mars 1957. Roger, lui, ne reprendra pas sa carte. Et Jean Pronteau ne sera jamais « le grand dirigeant ». « Le problème du travail forcé en URSS ne m'intéresse en aucune manière, avait écrit jadis Claude Roy : il est bien évident qu'il ne peut y avoir de liberté pour les ennemis de la liberté. » Phrase terrible dont il dira plus tard ne pas pouvoir la relire, « sans être révulsé ou sourire tristement ».

Durant le séjour de Vailland chez lui, Claude invita un jour mon père, accompagné de son ami, le peintre Fred Bourguignon. Je peux lire aujourd'hui dans l'un de ses carnets la relation qu'il en a faite sans déguiser sa pensée : « Il y a vraiment un mur entre les staliniens et nous. Le mépris et la supériorité sont l'essence même de leur être. Si tu ne penses pas comme eux, tu n'es qu'un imbécile ! Il m'a suffi de les entendre se moquer des pacifistes, des sociaux-démocrates et des pauvres idéalistes comme moi... Science (marxiste) sans conscience (humaine) n'est que ruine de l'âme ! » Dans *Nous*, Claude Roy confie qu'il se sentait « mauvaise conscience d'être devenu patron », tout prêt « dans la France socialiste de demain à remettre avec enthousiasme mes terres au peuple ». Un jour, pourtant, mon père avait entendu un des anciens journaliers de l'écrivain s'indigner : « Communiste, Claude Roy ? Comme ma roue de charrette ! »

Au fil des années d'après guerre, une sourde animosité avait fini par s'interposer entre les jeunes gens d'autrefois, le sédentaire et le coureur d'horizons. La guerre froide n'épargnait pas l'affect... Lorsque Claude avait publié un recueil de poèmes chez Gallimard sous le titre *Le Poète mineur*, en 1949, mon père avait tiré sans tarder sur sa presse à bras la plaquette intitulée *Le Poète majeur* !... J'y retrouve aujourd'hui le poème qu'il avait écrit pour moi, au bord de l'Atlantique, le jour où une lame de fond m'avait arraché de ses épaules, à moitié assommé et perdant pied, avec du sable plein la bouche :

Mon petit, mon enfant
mon regard sans limites
mon image éperdue
d'avoir tant à gagner
sois heureux d'être toi
d'être moi, d'être nous.
Le naufrage annoncé
n'est pas dans ton sillage
l'accident du soleil
n'est pas fait pour ton ciel
et la mort d'une vague
ne peut rien contre toi.
La peur n'est pas ton origine.

Comme beaucoup d'autres, son poème se voulait exorcisme contre le malheur. Je le vois aujourd'hui comme l'instantané d'un moment suspendu. La preuve qu'on peut s'entretenir avec un poème, avec une photo.

15

Mon enquête buissonnière, d'une étape à l'autre, se met à épouser les méandres de la Charente, fleuve aux bras multiples qui prend son temps et ses aises. Ce menuisier de Jarnac, par exemple, qui devait avoir une vingtaine d'années lorsque Paul Strand le prit lui aussi en photo devant son atelier ? Crinière noire et regard franc, avec une jeunesse qui semble acquise à jamais. Rien qu'à la façon qu'il a de tenir son ciseau à bois, on comprend qu'il aime son travail, en dépit de tout.

J'ai montré sa photo à René Pillot, libraire d'occasion et érudit local. Il l'a regardée en clignant de l'œil.

– Bon sang, c'est bien une *goule* que je connais, ça ! Il était menuisier ?

Quand je suis ressorti de sa boutique, René Pillot n'avait pas encore retrouvé le nom du garçon. Dans la rue, j'ai croisé Henri Bainaud, Riquet, un copain d'enfance. Nous nous embrassons. Je lui montre la photo. Il se gratte la tête.

– Ça me dit quelque chose...

Une vieille curieuse s'approche et z'yeute, mine de rien.

– C'est jeune, hein ?... Je le connais celui-là. C'est Marc Léauthé, non... Jacques. Il habite juste au coin de la rue du Chail, là où y'avait la régie des alcools...

Je frappe à la porte en verre dépoli.

– Monsieur Léauthé ? Je viens vous interroger... sur une photo. Tenez, regardez !

– Mais c'est une photo du *livre*, ça !...

Visage amaigri et creusé, comme il semble loin le jeune homme solide qui sourit sous ses mèches en accroche-cœur. Bleu de travail et manches retroussées. Il appelle sa femme.

– Viens voir !

Elle le rejoint sur le pas de la porte et regarde à son tour la photo.

– C'est pas vrai !... Attention, la plie pas !

– T'as peur que je m'abîme ?... Je me souviens, c'était devant l'atelier de chez Groussard, rue des Moulins. Il devait y avoir deux ou trois personnes avec le photographe. On m'avait demandé si je voulais bien me laisser photographier. Pour un livre sur les métiers de la Charente ou quelque chose comme ça. Y'a un truc qui m'inquiétait : « Ça va-t'y plaire au patron ? » Dans ce temps-là, c'était des dix-onze heures par jour !... Il parlait pas, le photographe. Il m'avait dit de rester naturel. Je trouvais juste un peu exagéré qu'il me demande de tenir mon ciseau à bois comme le Saint Sacrement ! Pourtant, c'est vrai que j'aimais mon boulot. Je suis né là-dedans, pour ainsi dire. Mon arrière-grand-père était menuisier-ébéniste et mon grand-père charron... Le livre, nous, on l'a jamais eu ! On n'avait pas les moyens de se le payer à l'époque ! Parce que je gagnais pas tripette...

– Ils t'avaient pourtant promis qu'ils te l'enverraient, insiste madame Léauthé...

16

– Ce livre, quand même, il revient dans toutes les conversations que vous avez eues. Ça dit bien sa puissance secrète !

Albert Mermoud, l'inventeur et le mainteneur de la Guilde du Livre à Lausanne, quarante ans durant, assume fièrement la paternité éditoriale de *La France de profil*. La chaîne du Mont-Blanc scintille au-dessus du lac, derrière les rideaux de tulle de son bureau. Il est droit comme un I, austère, avec dans l'œil cette lueur vaudoise que je connais bien. Et la mémoire intacte.

– Aux lendemains de la guerre, nous nous étions pris d'amitié, Claude Roy et moi. Il était heureux de participer à notre aventure. Il était comme chez lui, à la Guilde. Début 52, il m'a téléphoné : « Il faut absolument que je te présente un type incroyable ; le photographe le plus vrai que j'aie jamais rencontré ! Nous venons de parcourir la France ensemble. Il s'appelle Strand, Paul Strand... » Quelques jours plus tard, ils sont arrivés tous les deux dans mon bureau, avenue de la Gare. Ils ont étalé devant moi un début de maquette qu'avait réalisé Claude, photos et textes. Tout du long, Paul n'a pratiquement pas ouvert la bouche... Trois semaines après, nous nous sommes revus. Hazel les accompagnait, cette fois, gaie et pétulante, tout le contraire de Paul. Elle essayait de le faire rire, sans trop de succès... Nous avons travaillé pendant deux jours, sans rien éliminer d'essentiel. Puis je leur ai présenté Dick Stettler, mon photograveur suisse allemand, aux Imprimeries réunies. Il était pour beaucoup dans la qualité de nos livres de photos en hélio. Paul et lui se sont d'emblée admirablement compris. Le livre est sorti le 10 octobre 1952, tiré à dix mille trois cents exemplaires. L'accueil a été mitigé, car les snobs de tout poil devaient trouver ça un peu vieux jeu !... Il a été épuisé au bout de cinq ou six ans. Je regrette de ne pas avoir gardé les lettres qui me sont arrivées d'un peu partout. Il y en avait de très belles, de photographes célèbres et d'abonnés anonymes. Le travail de Paul Strand y était apprécié à sa juste valeur, avec des mots très touchants. Les photos de Paul, je l'ai souvent constaté, incitent à la confidence. Elles vous communiquent toujours quelque chose, et vous avez envie de livrer vos propres états d'âme en retour.

D'un dossier, il a sorti quelques coupures de presse concernant la parution de *La France de profil.* Du *New York Times* : « Voilà un livre qui peut fort bien fournir la réponse au problème toujours renaissant : qu'est-ce que la photographie ? Dans ses magnifiques clichés, M. Strand nous dit simplement et directement que la photographie n'est ni plus ni moins qu'un enregistrement fidèle de tout ce que le photographe croit être assez important pour le communiquer à autrui. » Du *Monde* : « Le vrai artiste est solitaire ; son don est d'exprimer en même temps que son rêve les espérances des autres. C'est la différence entre M. Paul Strand et les photographes de l'école des reporters si nombreux aujourd'hui... Son livre est une manière de chef-d'œuvre... » De *La Gazette de Lausanne*, sous la plume d'Albert-Marie Schmidt : « *La France de profil*, c'est l'histoire à la fois journalière et éternelle de la France des bourgs semi-paysans, de la France qui transforme en monstres de carnaval ses terreurs primitives, organise le chaos de son humus, ferme jalousement ses portes pour donner du prix à leur ouverture, sculpte sur les modèles les plus divers les visages de ses fils... »

Le jour décline, il n'y a plus qu'une mince encoche de soleil sur les lames du parquet ciré. Discrètement, à pas de souris, madame Mermoud nous a servi le thé au salon. J'ai remarqué sa photo dans un petit cadre au mur du bureau : en tailleur gris, langoureuse et lointaine. Le grand éditeur sourit en m'écoutant lui conter les aléas de mon enquête... Comment me douter que, si vite après, dans le carnet du *Monde*, j'allais apprendre la nouvelle de son décès, à l'âge de quatre-vingt onze ans ?

Retranscrivant notre conversation, je perçois les échos de sa voix qui me parviennent aujourd'hui avec le décalage que la mort impose, figeant le plus mouvant, le plus vivant d'un être, sa parole.

– La première fois que nous avons regardé les photos de Paul Strand, le *Young Boy* et son regard-laser nous avaient foudroyés sur place !... avait reconnu Mermoud. Mine de rien, Strand observait mes réactions. Je lui avais demandé : « Mais comment avez-vous fait ? » Il s'était contenté de hocher la tête. C'est Hazel qui avait répondu à sa place : « Ce n'est pas toi qu'il fixait, tout bouillonnant de sa jeune colère. Ni toi, ni ton Graflex. C'était bien au-delà ! »

17

« La photo devient art lorsqu'elle saisit l'instant où se reflètent des siècles, l'instant qui métamorphose le réel en le prolongeant dans l'interrogation du poème. » Albert Mermoud me recopiait quelques jours plus tard cette citation d'André Malraux. « J'ai pensé qu'elle vous intéresserait peut-être, m'écrivait-il, *malgré l'emphase...* » Voilà, au demeurant, qui cadrait bien avec l'exigence de l'instantané de Gondeville ! Il joignait à sa lettre le numéro d'octobre 1952 du *Bulletin de la Guilde du livre*, qui me réservait une surprise de taille : la *photo de la photo*, pièce à conviction capitale ! Paul Strand, dans une cour de ferme charentaise, s'apprêtant à saisir, comme disait Malraux, « l'instant où se reflètent les siècles ». En l'occurrence celui durant lequel le jeune indomptable, hors-champ, pose devant son portail. Attendant que la photo s'organise, dirait-on, Paul est monté sur une chaise d'enfant et domine de sa haute taille le lourd Graflex à chambre planté sur son trépied en bois. Sa boîte de Pandore qui contient un peu de lui-même, de ses rêves et de sa mémoire. Veste en tweed et pantalon de velours côtelé, concentré, la cigarette au coin des lèvres, il est l'image romantique de l'artiste prolétaire au travail. Une plaque photographique à la main, il regarde dans la direction de l'*autre*, qui bout d'impatience, comme un lionceau en cage. Nous en sommes à l'instant où la photo n'existe pas encore, mais va avoir lieu. Petit laps avant le grand collapsus. Une poignée de secondes encore, et Claude le rebelle entrera à jamais sur la plaque sensible. A l'arrière-plan, assis sur l'une de ces lourdes charrettes qui grincent sur les chemins les jours de vendanges, Claude Roy ressemble à Kirk Douglas avec sa chemise à fleurs américaine. Il a trente-six ans, la vie devant lui et beaucoup de livres à écrire. L'œil au viseur de son petit appareil automatique, il photographie le photographe ! Grâce à Hazel Strand, témoin de la scène, ce jour de l'été 1951 n'en finit pas de ricocher dans la cour de la ferme Grijalvas que l'ombre de la façade envahit peu à peu. Douce et tiède lumière qui donne à jamais un relief saisissant au tourment intérieur du Werther de Gondeville.

Making of à la charentaise ! La photo-témoin, ou le chaînon manquant, si l'on préfère.

18

– Monsieur Pelletier ?...

Il arrive du fond de son atelier, un fer à souder à la main, la démarche traînante. Avec lui, c'est bien cette « profondeur taciturne de la nation France », décrite par Claude Roy, qui s'avance vers moi.

– Ah ! Je te reconnais, toi. Tu ressembles à ton père !

René Pelletier est le fils du père Pelletier, le forgeron à qui on devrait élever un monument sur la place du village, « pour services rendus à la communauté ». S'il me reconnaît, c'est qu'autrefois, dans mon enfance, j'accompagnais, le jeudi, mon père dans ses tournées de livraisons de ferrailles aux artisans du canton. Le forgeron était un bon client qui payait comptant.

– J'étais pas là quand le photographe est venu... bougonne le fils. Je sais que ça les avait fait rire, mes parents, qu'on veuille les prendre en photo, et qu'on soit venu de si loin pour ça !... Moi, j'étais sceptique. J'avais peur que ça soit de la propagande communiste ! J'étais pas chaud, quoi ! Et puis on promène pas les photos des gens comme ça. Ça se fait pas !... En tout cas, moi, je mettrais pas quatre cents balles dans un livre, même pour mon père ! Il l'aurait pas acheté, lui non plus. Ça fait chers les poils de sa barbe ! Parce que le photographe, il aurait quand même pu choisir un jour où mon père s'était rasé !... Oh ! je comprends, ça devait être un *très* bon photographe. Un photographe de *métier*, avec de nombreuses années de pratique, y'a pas de doute !

En termes de métier, le fils du forgeron sait apprécier le travail de l'artiste du Nouveau Monde. Pour le reste, sa méfiance est intacte. On sent que les vieilles querelles de village ne sont pas complètement éteintes. Comme des braises dans une forge d'autrefois, ravivées par le soufflet à bras.

André Mulon, le viticulteur, était le plus proche voisin de Claude Roy, et son ami. Il n'a pas oublié les clivages politiques de l'époque. Ni l'espèce de ligne rouge qui séparait la famille Grijalvas des autres familles du village. « Propagande », le mot de Pelletier le fait sourire.

– Pour moi, ces photographies, c'est de l'art, point à la ligne !

Dans la fraîcheur de son salon aux volets clos, le pineau qu'il m'offre – le sien, bien sûr, élaboré avec un soin infini – est un délice sans mélange. Mulon possède quelques toiles de Félicien Roy, le père de Claude, ex-résident de la villa Médicis. Des natures mortes et des paysages : *Moulins de Châteauneuf, Le Portail ouvert, Les Fruits mûrs, Le Pichet aux pommes...*

De tous ceux que Paul Strand a photographiés à Gondeville, c'est Pelletier, le forgeron, que Mulon a le mieux connu.

– Un génie de son métier, dit-il, mais aussi un homme magnifique, la droiture même... C'était dans sa forge, la *boutique*, comme on disait, que les hommes du village se réunissaient, Marcel Grijalvas en tête. Pendant que le fer trempait et refroidissait, les voisins s'installaient pour commenter les nouvelles. Et lui, imperturbable, il se remettait à taper sur son enclume.

Potins de village et enjeux internationaux dans l'antre du Vulcain de Gondeville ! Sur la photo du père Pelletier, un de ses verres de lunette est fendu en étoile sur un œil clos.

– Il était borgne. Il avait perdu un œil tout jeune, un éclat de métal... Il ne voyait pas trop l'utilité de faire changer son verre !...

C'est lui, le père Pelletier, dont Claude Roy fit le père Coutrier, dans sa nouvelle *Irène ou les derniers beaux jours*, parue en 1944 dans *La Mer à boire.* « Il est grand, très maigre, et n'a qu'un œil, qu'une casquette, depuis trente ans... Il tire sur le soufflet de sa forge. De la braise monte une petite flamme vive et brève. De l'autre main, avec des pinces, il pose vivement sur le foyer une tige de fer... »

Mulon se souvient bien aussi du solide vigneron qui nous regarde, dans *La France de profil*, quelques pages plus loin, en se demandant si c'est du lard ou du cochon !

– Précigout ! Il était métayer chez Claude Roy : son chef de culture. Un type excessivement violent, tout feu tout flamme et le cœur sur la main... Plus tard, il est devenu cantonnier. On le voyait le long des routes, à raboter les haies, à nettoyer les fossés. Pas très causant, plutôt sombre... Un jour, il a fini par faire ce qu'il disait qu'il ferait : il s'est flanqué un coup de fusil dans la tête. Il a fait beaucoup de bruit dans le village, ce coup de fusil...

La maquette du livre met en résonance le visage rude de Précigout avec la photo d'une grappe de raisin aux grains bien serrés, bien ronds et presque translucides. « Regardez ce raisin, nous enjoint Claude Roy dans son texte. Sachez y voir un homme, et sa patience, et son ingéniosité, et son tourment, et son bonheur... »

Louise Précigout, la veuve de Louis, habite tout près, au hameau de Bernolet, de l'autre côté de la Nationale. Dans sa cuisine basse et sombre, elle est clouée à son fauteuil par l'arthrite.

– Je me souviens quand il était venu, le photographe ! C'est Monsieur Claude, le patron, qui avait demandé à Louis de se laisser photographier. J'avais vu ça de loin, pendant que j'étais à ma lessive...

C'est un jour de lessive, encore, que Paul avait photographié Susan Thompson, la femme d'un marin-pêcheur du Cape Split, dans le Maine, en 1945. Elle a un tablier blanc noué autour des reins. Il émane de son visage une force devant l'adversité, une douleur maîtrisée que je retrouve chez madame Précigout.

– Louis, dit-elle, était un peu impressionné par le photographe. Il savait pas quelle tête faire, et puis ça l'agaçait et ça lui faisait perdre son temps !... Je sais qu'après on a bu un coup de pineau chez Monsieur Claude. L'Américain avait l'air content, mais il ne parlait pas... Vous voyez, il était fort comme un Turc, mon Louis, et si fier de son travail ! Plus tard, avec ses idées noires, ça pouvait pas coller ! Il y avait trop de force en lui pour qu'il accepte son déclin...

Elle garde au fond d'un buffet son exemplaire de *La France de profil*, avec la dédicace : « Pour Louis et pour Louise sur cette Terre qui est nôtre. Claude Roy. » Une photo s'en échappe, prise sans doute par Hazel la fidèle : Louis tenant son cheval de trait par le licol. Puis une autre, sous un papier sulfurisé, la photo de mariage de leur fille, dans les années 60. Ils sont une bonne cinquantaine autour de la mariée en robe blanche et de son époux au regard triste. Le père, la mère, la famille, les voisins endimanchés, les demoiselles et les garçons d'honneur. Et tout en haut, à gauche, la tête blonde de Claude Roy qui dépasse. La photo a été prise devant la façade à glycine de sa grande maison charentaise, ouverte ce jour-là à la noce et à ses invités.

19

– Ce mariage, j'y étais, avec tout le village !... Pauvre Louis Précigout, il faisait peine à la fin de sa vie...

Marie-Louise Mémain, secrétaire de mairie trente ans durant, est la mémoire vive du village.

– En 1951, j'ai vérifié pour vous, Gondeville comptait cinq cent vingt-deux habitants, dont plus d'un tiers agriculteurs. Le maire, radical-socialiste et gros propriétaire, s'appelait Gravereau... Ah ! les jours d'élection n'étaient pas tristes ! La famille Grijalvas se relayait dans le bureau de vote. On plaisantait : « L'œil de Moscou est dans l'isoloir !... » Une fois, Suzanne, la fille aînée, avait envoyé le maire devant le tribunal administratif pour « anomalies du dépouillement »... Dans un village comme le nôtre, le terrain n'était pas vraiment propice aux idées révolutionnaires ! Le jour de la mort de Staline, les Grijalvas avaient mis un drapeau en berne à la fenêtre du grenier... Claude ? Il avait un fichu caractère. Très soupe au lait ! On le voyait souvent renfrogné, il piquait des colères !... Serviable, pourtant, comme ses parents. Quand le vieux sacristain était tombé dans sa cheminée et s'était terriblement brûlé, c'est Jeanne Grijalvas qui s'était occupée de lui ; elle et son mari. Si bien que le curé, en chaire, les avait donnés en exemple à ses paroissiens, eux les bouffeurs de curés ! « Je suis au regret de constater, avait-il dit, que ce sont des communistes qui nous montrent la voie chrétienne ! »...

Nous passons en revue les « paroissiens » de Gondeville photographiés par Paul Strand, durant l'été 51 – six hommes, trois femmes et un adolescent. Claude, bien sûr, son père, visage creusé par la fatigue, sa mère, lèvres serrées, des yeux terribles, les yeux de Claude... La petite grand-mère, ronde comme une grenouille, en sarrau noir, piqué d'une épingle à nourrice, c'est madame Pelletier, la femme du forgeron. L'homme aux oreilles décollées qui se découvre respectueusement, sa casquette à la main, devant les Messieurs de la ville, c'est Madéva, un journalier. Assise bien sagement au bord d'un puits, madame Villedary était une « économiquement faible » que la commune logeait dans une annexe de la mairie après que sa maison avait brûlé. Son tablier à pois l'enveloppe d'humilité... Devant un mur envahi de lierre grimpant, un quinquagénaire, front dégarni, manches retroussées qui laissent apparaître un tatouage sur le bras gauche – un visage de femme –, tandis que le soleil joue sur sa chemise ouverte.

– Lui, il n'était pas d'ici ! Peut-être un réfugié mosellan au moment de l'exode, ou un prisonnier allemand placé dans une famille du village ?

Le vieux paysan matois aux grosses moustaches en épis de maïs, sous son béret français, c'est le père Laire, du hameau des Frégonières, un veuf à qui ses gros sabots de bois donnaient une démarche de canard. Le père Laire a inspiré à Claude Roy son poème « L'Homme de paille », tel qu'il se trouve dans *La France de profil*, de sa belle écriture droite et pleine. Dans les années 60, Marcel Simonet, l'instituteur, le faisait réciter à ses élèves devant le tableau noir :

Il avait tellement longtemps
semé le grain coupé la paille
lié les gerbes de froment
gelé au froid nu des semailles
brûlé au soleil soûl de l'août
Il avait tellement longtemps
battu le blé couru la route
entre les greniers et les champs
Il avait tellement longtemps
reçu la pluie reçu la grêle
subi la neige et le grand vent
qu'il était devenu de paille...

20

Tant d'historiens de la photo, d'essayistes, de poètes, de photographes, d'amateurs de tout poil se sont penchés sur lui, *the intense French farmer from Gondeville*, l'ont toisé, scruté, disséqué, interprété... Ont voulu le faire parler pour mieux se l'approprier. Claude Roy le premier, qui l'avait enrôlé sous la bannière du peuple de France conduit par le camarade Thorez. « Il suffit du regard d'un garçon de chez nous, écrivait-il. Je sais bien que les Français savent encore retrousser leurs manches et marcher d'un bon pas sur les chemins nouveaux... » Pour Robert Frank, le photographe majeur des *Américains*, la singularité de l'*icône* de Strand, comme il me l'a dit, tient à la *netteté* du regard et à sa *simplicité*. « Ce jeune homme, stupéfiant de présence, n'a pas peur, il ne fuit pas. Il maîtrise comme il peut son bouillonnement intérieur ! » Michel Guerrin, critique au *Monde*, lui attribue « le regard le plus étrange de l'histoire de la photo, les yeux fixes, comme hallucinés ». Fasciné, il croit lui voir des « boucles blondes », alors que Claude Grijalvas n'est ni bouclé ni blond ! Il en est pourtant tellement persuadé qu'il répète deux fois l'erreur : dans le compte rendu d'une exposition parisienne à la galerie Zabriskie, puis dans une correspondance de Munich, à l'occasion d'une rétrospective au Staadt-Museum. Pour sa part, Jacques Filhol, collecteur de quelque cinq mille photos du passé charentais, et photographe lui-même, s'est longtemps interrogé sur l'identité du modèle, déchiffrant dans « son regard éloquent » ce qu'il appelle « le poids de la condition paysanne ».

Ce défi intemporel, sur le visage de Claude Grijalvas, on a cru y reconnaître, tour à tour, les affres d'un Rimbaud des moissons, voire le mal-être d'un James Dean aux tisons. Peut-être aussi l'entêtement d'un *Lacombe Lucien* ou d'un *Jude l'obscur*, et les tourments de tant d'autres, ici et ailleurs. Preuve, s'il en était besoin, que notre Charentais est bien de partout et de tous les temps... *Forever Young*, comme le clame Bob Dylan, depuis les *sixties*, en nasillard inspiré. Faites l'expérience vous-même. Prenez la photo de Paul Strand, collez-vous des écouteurs sur les oreilles et attendez, vous n'en reviendrez pas.

May you grow up to be true
May you always know the truth
And see the lights surrounding you
May you always be courageous

Stand upright and be strong
May you stay forever young...[1]

C'est comme si, par la grâce de cette chanson, le *Young Boy* lui-même prenait la parole. Soudain moins seul parmi la cohorte des petits Blancs des grandes plaines du Midwest dont les photographes du New Deal surent si bien saisir la vérité nue : Walker Evans, Dorothea Lange, Ben Shahn ou Russell Lee... Regardez leurs yeux, à ceux qu'écrasent le destin et les taux usuraires ! Vous ne voyez pas la connexion avec mon jeune homme ?

Face au *French farmer*, Paul, lui, dut se rappeler l'une des plus belles séquences de son film *Native Land*, dix ans avant. Un enfant chemine aux côtés de son père, derrière la charrue, tirée par deux lourds chevaux blancs, et dont le soc entrouvre la terre sèche du Michigan. L'enfant porte un tricot de peau et une salopette, « raccords » avec ceux de Claude de France... Le père a pris la parole dans un meeting de fermiers endettés s'opposant aux expropriations des banques. Il faut faire taire à tout prix l'agitateur. Deux tueurs se chargeront du contrat. L'enfant, dont le regard ne pardonne pas, grandira sans son père. Irréconcilié, comme le jeune homme de Gondeville, fils de communiste.

Ma photo-paratonnerre concentre décidément sur elle tous les hasards objectifs !

1. « Puisses-tu grandir pour être vrai / Puisses-tu toujours connaître la vérité / Et voir les lumières autour de toi / Puisses-tu toujours être courageux / Debout et fort / Puisses-tu rester jeune à jamais... »

21

Se faire prendre en photo... Être fait comme un rat. C'est de photos que se sont servis les Versaillais pour traquer les communards, à l'issue de la semaine sanglante de juin 1871. Maxime Du Camp, photographe amateur et écrivain valet, commente dans *Les Convulsions de Paris* l'utilisation policière des portraits des membres de la Commune pris durant l'insurrection : « ... les délégués, les commandants, tout l'état-major de la rébellion, en un mot, ne surent résister à la vanité qui les entraînait ; comme d'infimes acteurs, ils aimaient à se revoir dans les oripeaux de leur rôle à succès. Ce fut une grande imprudence... [les photos] servirent plus tard à faire reconnaître bien des coupables qui, peut-être, seraient parvenus à se dérober s'ils ne s'étaient pas ainsi dénoncés eux-mêmes... »

Par la suite, le photographe Eugène Appert, portraitiste d'atelier, réalisera dans les prisons de Versailles une série de plusieurs centaines de portraits de femmes, hommes et enfants de la Commune. Telle Louise Michel, bras croisés, cheveux pendants, et comme absente à elle-même. La leçon ne sera pas oubliée. Vingt ans plus tard, Bertillon met au point la photo anthropométrique qui fait tout basculer dans le délit de faciès. L'épreuve photographique devient une *preuve* d'identité. Sous l'Occupation, dès le mois de juin 1941, la société française Photomaton propose ses services aux autorités allemandes. « Spécialistes des questions ayant trait à l'*Identité*, nous nous permettons d'attirer tout particulièrement votre attention sur l'intérêt que présentent nos machines automatiques, susceptibles de photographier un millier de personnes en six poses, en une journée de travail... Nous avons été chargés d'exécuter (!), dans l'intérieur même des ateliers, les photos d'identité du personnel des principales usines françaises... »

En 1960, le jeune photographe Marc Garanger fait son service militaire en Algérie. « L'armée française, raconte-t-il, avait décidé que les autochtones devaient avoir une carte d'identité française. Il s'agissait de mieux contrôler leurs déplacements dans les villages de regroupements. Comme il n'y avait pas de photographe civil, on me demanda de photographier les gens des villages avoisinants... » Il photographiera ainsi quelque deux mille personnes, en grande majorité des femmes, à la cadence de deux cents par jour. « Le visage de ces femmes m'a beaucoup impressionné. Elles étaient dans l'obligation de se dévoiler et de se laisser photographier, assises sur un tabouret devant le mur blanc d'une mechta. J'ai reçu leur regard à bout portant, premier témoin de leur protestation muette et violente. »

Toutes proportions gardées, voilà qui me ramène à Claude, le rat des champs. Sa « protestation muette et violente » ne dut guère surprendre Paul Strand. « Les gens n'aiment pas vraiment, reconnaissait-il, qu'on les prenne en photo. » Et il ajoutait : « Il faut pouvoir leur expliquer pourquoi vous tenez à les photographier et que vous n'êtes pas forcément là pour gagner de l'argent sur leur dos... Le plus difficile, dans un portrait, c'est d'imposer aux autres la présence de la personne photographiée, de sorte que, sans la connaître, les gens n'oublient pas son image. Un portrait, c'est ça... » *That's a portrait* !

22

– Mon frangin... Oh ! c'est bien lui ! Et je vous assure, il était d'une colère, ce jour-là... Il voulait pas se laisser photographier ! C'est mon père, Marcel, qui a dû insister, en le menaçant d'un coup de pied au cul ! « Claude, fais ce qu'on te dit, ça va pas te manger ! » Il était si fier, le père, d'accueillir chez lui Claude Roy et l'Américain, des communistes, comme nous !

Suzanne Charlopin, née Grijalvas, habite une petite maison basse, rue Gustave-Courbet, à Saintes. Elle a les cheveux coupés courts, et le même regard que le jeune homme de la photo, son frangin...

– C'est lui tout craché, pour sûr ! Dès qu'il avait quelque chose qui n'allait pas, ses yeux se mettaient à lancer des éclairs. On pouvait plus le tenir... Ça, on peut dire que le photographe l'a pas raté !... Quand ça s'est passé, on bottelait et on rentrait le foin. Monsieur Strand a d'abord photographié mon père, puis ma mère. Il voulait me prendre, moi aussi, avec mon calot sur la tête et mes cheveux remontés… j'ai pas voulu !… Ce que je regrette, c'est de pas l'avoir, le livre, *La France de profil* ! Mes parents l'avaient, Claude Roy le leur avait offert…

Suzanne reste perplexe quand je lui raconte que les portraits des gens de Gondeville ont fait le tour du monde et des musées. Et que celui de son frère est, selon les spécialistes, un des plus fameux de toute l'histoire de la photographie.

– C'est rapport à son expression, non ? C'est qu'il a vraiment l'air de vouloir bouffer le photographe ! Sans compter qu'il était joli garçon !…

Elle farfouille dans un tiroir et en sort une photo qu'elle me tend.

– Faut que je vous explique ! A l'époque, je collais les affiches du parti communiste dans le canton. Et celles qui me restaient, je les placardais sur le pignon de notre ferme, bien visibles par tous !… Quand on arrivait par la route de Bassac, on pouvait pas les manquer ! J'aime autant vous dire que ça n'était pas du goût de tout le monde !… C'est Paul Strand qui l'avait photographié mon mur !…

Suzanne se trompe. C'est Hazel qui prit la photo. Comme elle le faisait souvent, dans l'ombre de Paul, offrant ensuite ses tirages aux intéressés, en remerciement. Pendant la guerre, Hazel avait été photographe de la Croix-Rouge, puis assistante à *Harpers'Bazaar*. Sur le mur de Suzanne, transformé en exposition permanente, on compte très exactement dix-neuf affiches dont on découvre à la loupe symboles et slogans. Au-dessus d'un soldat menaçant : « A bas le réarmement allemand ! ». Sous l'image d'un jeune homme poing brandi, déployant le drapeau rouge, ce pourrait être Claude : « En avant, tous unis ! ». Une pieuvre dont les tentacules menacent l'Europe : « Les Américains en Amérique ! ». De Gaulle bâillonnant une Marianne innocente... Des appels aux « Républicains », pour le désarmement, aux « Paysans », pour la maîtrise du sol... Au pied du mur, un petit garçon en barboteuse, le fils de Suzanne, croise timidement les bras dans son dos, adulte en devenir promis aux lendemains qui chantent dans une France socialiste... La route de Bassac, pour sûr, on eût pu la rebaptiser Stalin-Allee, style Berlin-Est.

– C'était mon mur, vous comprenez ! Il aurait pas fallu qu'on y touche ! Je savais manier la fourche !...

Après avoir quitté la ferme familiale, à la mort de ses parents, Suzanne est devenue garde-barrière, à Jarnac. Garde-barrière et garde rouge !... Elle me montre des photos d'elle, au dos desquelles elle a juste noté : « J'ai dix-huit ans », « J'ai vingt ans », « J'ai vingt et un ans ». Sur la dernière, calot sur la tête, bras nus, elle pose fièrement, montée à cru sur l'un de ses deux bœufs.

– Les petits bœufs de mon père, des doublons qu'on avait dressés nous-mêmes. Et moi, je me suis dressée avec eux ! Comme disaient les gens du village : « Le père et la fille font une bonne charrue ! » Dès le matin, de bonne heure, je m'en allais avec Mignon et Joli, et je chantais. Le soir, pareil, en rentrant ! J'adorais cette vie ! J'avais un CAP de secrétaire commerciale, mais mon goût, c'était la terre... Je sais pas si ça vous intéresse tout ça, mais y aurait de quoi faire un livre !...

Suzanne, hélas ! a perdu la trace de son frère. Vingt ans qu'ils ne se sont pas vus ! Je devine des malentendus, des histoires d'héritage.

– Je sais juste une chose... Il a été chauffeur de taxi à Paris. Et il habitait en banlieue. J'avais une adresse dans le temps. Si je la retrouve...

Il continue de se dérober, mon jeune homme ! Qu'il se fasse attendre, qu'il me résiste, en un mot qu'il m'échappe, c'est une chance ! Le retrouver trop facilement m'eût privé de l'essentiel : du plaisir d'avancer à tâtons, en suivant un fil ténu ; de jouer à cache-cache, en somme. A cinquante ans de distance, plus le quart d'heure charentais, je peux me permettre de prendre mon temps !

23

Poursuivant leur route des villages, Paul et Hazel avaient fait halte pour huit semaines, au printemps 1953, à Luzzara, en Émilie, la ville natale de Cesare Zavattini, *Za*, le scénariste du *Voleur de bicyclette* et de tant d'autres chefs-d'œuvre. « Il y avait partout des pêchers et des jasmins sauvages, note-t-il dans son journal paru en français sous le titre *Cinéparoles*... Strand est calme, il considère l'objet qu'il va photographier et aussitôt après le ciel. Il avale les images comme un fourmilier. A Luzzara, on se souvient encore de lui allant et venant parmi les gens emmitouflés, observant tout comme un agent du fisc, touchant le cadenas d'une porte, un chambranle, montrant la ligne d'un mur... »

Les portraits que le *fourmilier* réalise à Luzzara (ils paraîtront chez Einaudi en 1955 sous le titre *Un Paese* avec un texte de Zavattini) sont parmi ses plus proprement foudroyants.

Paul a gagné la partie. Non que le village idéal se fût enfin révélé à lui, mais parce qu'il a réussi à saisir l'insaisissable. « Cet instant de lumière, comme il dit si bien, le moment où le monde absorbe notre présence et notre dur labeur. » Cette *Famille*, par exemple, que John Berger n'a pas eu tort de comparer aux tableaux de Louis Le Nain, ou cette petite *Apprentie* chapelière au regard triste qu'on voudrait consoler et prendre dans ses bras...

« Jamais je n'avais imaginé, écrit Zavattini, que cet Américain tranquille et bien élevé deviendrait, en quelques années, l'une des personnes que j'aie le plus aimée et respectée... Par son silence, son intégrité, son indépendance, son énergie extraordinaire, Paul Strand devint pour moi (et pour d'autres, bien sûr) une légende... Je lui serai toute ma vie reconnaissant pour ce qu'*il m'a fait voir des gens de ma propre ville.* » Claude Roy, on s'en souvient, ne disait pas autre chose, depuis son village : « Strand nous a appris beaucoup sur notre pays et sur ceux qui y vivent. »

Les années suivantes, Paul et Hazel visitent l'île de South Uist, Hébrides extérieures. Un livre paraîtra plus tard, accompagné d'un texte de l'ethnologue Basil Davidson. « Travaillant lentement, à son rythme, à sa façon, écrit celui-ci, Strand passa là trois mois, arpentant aussi le sud de l'archipel. Hazel et lui désiraient comprendre vraiment la nature du lieu qui les entourait pour pouvoir commencer à travailler. Lorsqu'il se sentit prêt, les photos semblèrent alors prendre vie indépendamment de l'appareil. C'était tout son génie. » Paysages et portraits alternent dans cette ombrageuse insularité. Paul retrouve là ses modèles habituels, bien posés et bien campés, entre ciel et terre, regard clair et direct, dans leur micro-société hors du temps. Tel le jeune Ewan MacLeod qui pose devant sa maison au toit de torchis, appuyé sur un manche d'outil. Il a le même âge que Claude de Gondeville, et le regard rentré en lui-même sur on ne sait trop quel rêve d'évasion.

De retour en France, les Strand achètent une ancienne ferme à Orgeval, dans les Yvelines, La Briardière. Leur première maison et leur dernière étape, dans le village élu. Les murs, recouverts de glycine mauve, ont tout de suite tapé dans l'œil d'Hazel. C'est elle qui veillera sur le grand jardin, encadré de rangées de poiriers en espalier, où elle fera pousser du blé, des courgettes et des concombres. A l'étage, Paul se fait aménager un atelier aux murs blancs, contigu à la chambre noire. Dans le village, on regarde avec curiosité ce grand Américain taciturne et sa femme plus affable, la seule des deux, il est vrai, qui parle un peu français. Un couple de voisins les aide pour les tâches ménagères. Ce sont eux qui feront découvrir à Paul deux des grands plaisirs de l'existence : la pétanque et le pont-l'évêque !

En 1956, Paul retourne brièvement à New York pour une exposition au MoMA à laquelle participent avec lui Manuel Alvarez Bravo, le Mexicain, le portraitiste allemand August Sander (qui vient d'avoir quatre-vingts ans) et Walker Evans que la photo de Strand, *The Blind*, en 1916, avait si fort impressionné. Depuis Orgeval, lieu de repli et de création, d'autres voyages sont minutieusement organisés, dont naîtra généralement un livre. L'Égypte en 1959, la Roumanie l'année suivante. Puis le Maroc, en 1962 – Marrakech et Tétouan – où il ne voit, là encore, que la dignité des visages usés, malgré la lèpre qui ronge les âmes dans leur soif immémoriale. Invité par le président N'Krumah, il passe l'hiver 1963-64 au Ghana. « En allant en Afrique, note son ami Basil Davidson, Paul demeurait fidèle à l'humanisme dont il avait fait preuve toute sa vie. Il faisait partie de ceux qui croient que ce qui unit les gens est toujours plus important que ce qui les sépare. »

24

Si la photo est bonne, qu'on m'amène ce jeune homme ! chantait naguère Barbara. Un jeune homme, justement !... Mais l'ennui, avec Paul, c'est que la photo est toujours bonne ! Susan Sontag le lui reproche : « La conception partagée par Stieglitz, Weston et Strand, selon laquelle une photo doit avant tout être belle, c'est-à-dire harmonieusement composée, paraît aujourd'hui une conception étroite, trop fermée à la vérité du désordre. » Elle s'égare. Ce n'est pas l'ordre que recherchait Strand, mais l'équilibre, nuance ! Son ami new-yorkais, du temps de *Frontier Film*, Leo Hurwitz, le dit à sa façon : « Le travail de Paul consiste à mettre de l'ordre dans le chaos, c'est-à-dire à inscrire dans un rectangle ce qu'il voit et ce qu'il tient à exprimer. Puis de travailler sans relâche dans la chambre noire, jusqu'à obtenir le meilleur tirage possible. C'est sa façon à lui, l'homme réservé, de se rapprocher du monde. »

Dans son rapport aux autres, il faut le savoir,

Paul était aussi intransigeant et rigide qu'envers lui-même. Tout d'un bloc. Mais comment faire, quand on était comme lui en quête de « l'éternité des gens et des lieux » ? Paul avait la foi du photographe comme on a la foi du charbonnier. En bon marxiste, il était un producteur d'ombres et de lumière. C'était son travail et son credo. Je peux imaginer le portrait qu'il eût fait de Karl Marx, le barbu *capital*. L'aurait-il photographié assis ou debout ? Lui aurait-il demandé de déboutonner son col, de croiser les bras ou de feuilleter *Le Manifeste du parti communiste* ?... A moins, bien sûr, que ce ne fût Jenny Marx, en robe de dentelles, qu'il eût choisi de faire poser. La bonne idée, peut-être, celle qui regarde de près celui qui voit loin...

Paul gardait ce mystère en lui qu'eussent sans doute entamé les autoportraits qu'il n'a pas faits ! Je le vois quant à moi en Hulot du Nouveau Monde, sur les chemins d'un vieux village. Un bourg endormi au sein duquel un jeune homme, seul, veille. Les yeux grands ouverts et furieux de celui qui s'apprête à aller voir – et se faire voir – ailleurs !

25

Éditeur à l'enseigne du Croît vif, François Julien-Labruyère est l'homme clé de la diaspora charentaise. Il remet en circulation les auteurs oubliés du cru. Les Fauconnier, par exemple, le frère et la sœur de Barbezieux à qui leur prose élégante et maniérée valut respectivement le prix Goncourt 1930 et le Fémina 1933 : *Malaisie*, d'Henri, *Claude*, de Geneviève, parus chez Stock, Delamain et Boutelleau. Jacques Boutelleau, alias Chardonne, compagnon de jeux des Fauconnier et bientôt leur mentor, autre gloire charentaise et styliste-hobereau.

Surtout, Labruyère, il y a peu, a mené lui aussi une recherche photographique. Son *Enquête sur une Marandaise* reconstitue pas à pas, à partir d'une carte postale du début du siècle, ce qu'il nomme « les fibres d'un pays » et « la métaphore d'une enfance ». Étrangement, son interrogation recoupe en tous points la mienne. « Au-delà du clin d'œil, l'important, se demande-t-il, ne serait-il pas de dénouer ce fil minuscule, puis de le remonter pour voir où il mène ? Partir d'une pointe d'épingle pour brosser une fresque... » Tout naturellement, Labruyère a croisé sur sa route le jeune homme de Gondeville.

– C'était dans une exposition, à Londres, il y a une quinzaine d'années. Je découvrais d'un coup l'existence de Paul Strand et son portrait du *Young Boy*. Je l'ai retrouvé plus tard, pleine page, dans le supplément d'un grand journal financier italien, comme un signe persistant de cette identité charentaise qui est mon hobby... Il y avait dans le visage de ce jeune homme pris au piège de sa volonté quelque chose d'un kolkhozien idéal, un héros socialiste positif dans l'esthétique des années 50 ! Le creux des pommettes, l'arête bien dessinée du nez, l'ourlet des lèvres, le menton, l'à-plat du front, l'arc de la voûte crânienne... Dans un premier temps, je suis venu à Gondeville dans l'idée de le retrouver. On se souvenait de lui et de sa famille, mais on ne savait pas ce qu'il était devenu. On m'avait mis en garde, en plaisantant : « Méfiez-vous, les Grijalvas, c'était la famille au couteau entre les dents ! » Moi, je me demandais ce que la vie avait bien pu faire du jeune homme en colère. Je l'imaginais exploitant agricole, syndicaliste paysan au sang chaud, militant du Modef allant brûler des pneus ou déverser du purin devant la préfecture ! Mais mon scénario, je l'ai vite compris, n'était pas le bon... J'ai fini par renoncer à le retrouver, me souvenant de la phrase de Goethe : « Les jeunes gens ne tiennent pas leurs promesses. Quand ils les tiennent, c'est le monde qui ne les tient pas... »

Ce qui frappe aujourd'hui Labruyère dans *La France de profil*, c'est le témoignage irremplaçable sur un monde en train de disparaître, ce moment de rupture dans la France rurale à partir duquel rien ne sera plus comme avant. L'intuition conjuguée d'un poète et d'un photographe.

– Je suis persuadé qu'il y a des choses inattendues à découvrir dans cette histoire, remarque-t-il. Peut-être une vérité sur un pays et sur une époque. Sur vous-même, qui sait ?

26

Quinze jours environ après ma visite, Suzanne Grijalvas me donnait de ses nouvelles. J'avais entre-temps enquêté auprès des compagnies de taxi de la région parisienne pour lesquelles Claude eût pu travailler. Sans résultat.

Suzanne avait fini par exhumer l'adresse de son frère... en 1976. 151, rue Marcel-Martinet, à Malakoff. Avec ma fille Clémence, que mon enquête intriguait, nous sommes donc allés, un samedi, à Malakoff. J'étais l'inspecteur Mickey, elle son assistante Minnie... Au 151, nous avons cherché en vain le nom de Claude sur les boîtes aux lettres. Une vieille dame est passée en traînant les pieds. Je lui ai tenu la porte de l'ascenseur et lui ai demandé si elle connaissait une famille Grijalvas. Elle a hoché la tête.

– Grijalvas... Attendez ! C'est loin tout ça. Il y a bien eu un Grijalvas qui a vécu ici... C'était le mari de ma voisine de palier. Elle vit toujours là, du reste. Mais aujourd'hui, vous avez pas de chance, elle est de sortie avec le club du Troisième Age.

Comme je lui racontai l'histoire de la photo de Claude, elle nous a fait entrer chez elle et nous a sorti tout un lot de photos de famille, les posant devant nous, sur la toile cirée de sa table de cuisine... En partant, je lui ai laissé un mot à l'intention de sa voisine, avec mon numéro de téléphone. Nous nous sommes ensuite un peu égarés dans les rues sombres de Malakoff, avant de retrouver la station Plateau de Vanves.

– Tu as aimé les photos de la dame ? m'a demandé Clémence.

– Pour s'intéresser à une photo, il faut entrer dans son histoire...

– Toi, tu te serais intéressé à la photo du jeune homme, si c'était un autre qui l'avait faite ?

Le lendemain, un message de l'ex-madame Grijalvas m'attendait sur mon répondeur... « J'ai divorcé il y a dix-huit ans... Nous avons eu cinq enfants... Je ne vois rien d'autre à vous dire... »

27

Au début des années 60, Paul Strand a senti sa vue baisser : une cataracte, dont il se fera opérer tardivement. Cruelle ironie pour celui dont une des premières photos fut la marchande de journaux aveugle des rues de New York, avec sa pancarte autour du cou : *Blind*. Ce jour de 1916, Paul avait photographié non pas seulement une aveugle, mais l'image autoproclamée de la cécité. Aveuglante, en somme...

Le mal-voyant continue de faire des photos dans son jardin : ancolies, boutons d'or ou centaurées. Hazel dirige et soutient son bras. A Orgeval, Paul reçoit des visites. Un jour, une jeune photographe américaine, Susan Barron, pousse la grille du jardin. « C'était le début du printemps, raconte-t-elle, on en sentait le souffle... Paul portait une veste de tweed sport et un pull-over. Il avait les cheveux gris, des yeux bleu clair, avec un regard étrange dont je découvris par la suite qu'il était dû à la cataracte. Il n'était pas athlétique, mais bel homme, chaleureux et doux... » Le couple l'invite à déjeuner. « Vers trois heures, juste avant mon départ, il me demanda si j'avais des photos à lui montrer. Je lui présentai les clichés que j'avais avec moi. Il en trouva un bon, mais déplora la qualité du tirage. » Susan Barron reviendra souvent à Orgeval. De plus en plus, Paul concentre son énergie sur un monde désormais réduit aux dimensions de son jardin. « On peut dire en définitive, écrit-il dans l'introduction de son dernier album, que j'aurai toute ma vie exploré *le monde à ma porte*. Aujourd'hui, les choses qui me touchent se trouvent véritablement à quelques pas de moi, dans notre jardin d'Orgeval. Lorsqu'on ne peut plus se déplacer avec la même énergie et la même liberté qu'avant, on s'efforce généralement de trouver une autre façon de contourner les difficultés pour continuer à faire ce que l'on désire... Le monde de l'artiste est illimité. Il est toujours à sa porte. »

C'est un jeune admirateur new-yorkais, Michael Hoffmann qui, relançant la revue *Aperture* et créant une maison d'édition du même nom, va sortir Paul de son isolement. A Orgeval, ils commencent ensemble à revisiter et à sélectionner, pour une grande rétrospective au Philadelphia Museum, les traces de soixante années de création. Une partie des négatifs de Paul est cachée dans une boîte, sous son lit !

Au fur et à mesure que le travail avance avec Richard Benson, un imprimeur et photographe que lui a présenté Hoffmann, Paul, atteint d'un cancer des os, sent ses forces décliner. Il garde souvent le lit, « dans un brouillard de drogues et de douleur ». Il sait que son œuvre ne lui appartient plus et qu'il peut s'en remettre à Richard en qui il a confiance. Il parle avec lui, la nuit, pendant les longues heures d'insomnie, discute de chaque tirage... Dans le *New Yorker*, Calvin Tomkins écrit alors : « De l'avis général, l'Amérique n'a produit que trois artistes photographes de ce calibre : Alfred Stieglitz (mort en 1946), Edward Weston (mort en 1958) et Paul Strand. » Ceux-là même à qui Susan Sontag reprochait d'ignorer « la vérité du désordre »... Ces trois-là, justement.

28

Les Hauts-de-Seine ne ressemblent plus à rien. L'œil se lasse d'y chercher la moindre harmonie au milieu du chaos stratifié. J'en ai fait le tour, de mairie en mairie : Montrouge, Bagneux, Fontenay-aux-Roses, Arcueil, Vanves, Issy-les-Moulineaux... La photo du jeune homme distrayait un instant de leur registre les secrétaires de l'état civil à qui je la montrais. « Un si beau garçon, mais quel regard ! »... « Vous le recherchez ? Il n'a pas fait de bêtises, au moins ? »... « Comment dites-vous qu'il s'appelle ?... » La scène se répétait et ne menait nulle part.

A Châtillon, j'accrochai la curiosité d'une petite demoiselle pétulante. Vérification faite, Claude, là non plus, ne figurait pas sur les listes électorales. La secrétaire n'était pas autorisée à me communiquer le fichier des contribuables, sans une dispense spéciale. Elle me pria pourtant de l'attendre et revint peu après en souriant, avec un gros registre sous le bras.

– Je savais bien que ce nom ne m'était pas inconnu. Grijalvas, c'est pas si courant... Une Grijalvas Marie-Claude s'est mariée en mars dernier. Mais la signature du père ne figure pas sur l'acte...

La jeune mariée est infirmière. Elle m'attend dans le vieux parloir de son hôpital transformé en salle de repos pour le personnel. Elle ne voit plus son père depuis bien des années, depuis le divorce de ses parents, ou à peu près. Pour elle, comme pour son frère et ses trois sœurs, la cassure fut brutale et douloureuse. Elle ne tient pas à « s'étendre sur le sujet »... Marie-Claude préfère évoquer son grand-père de Gondeville, pour qui elle a écrit un poème gravé sur sa tombe. Elle le revoit assis sous les marronniers de la place de l'Église, devant chez lui, paisible et silencieux. « En Charente, regarder le soir tomber est une occupation sérieuse », a écrit Jean-Claude Pirotte, charentais d'adoption, dans *Plis perdus*...

– Je sais où habite mon père, murmure soudain Marie-Claude. Je l'aperçois parfois de loin quand il fait ses courses. Une fois, je l'ai suivi, mais au dernier moment, j'ai rebroussé chemin !... Il faut que vous repassiez devant l'église en briques rouges et que vous retraversiez la route de Paris par laquelle vous êtes venu. Je ne connais pas le numéro, mais vous verrez, c'est facile. Un pavillon en meulière avec un toit pointu.

J'ai tiré quelques sonnettes avant d'arriver à la grille du 12. Une porte s'est entrebâillée, en haut des marches, sous l'auvent. La tête de la propriétaire est apparue dans le chambranle, très circonspecte.

– Je cherche monsieur Grijalvas...

– Qu'est-ce que vous lui voulez ?

– C'est à propos d'une photo... Regardez vous-même.

Elle a dévalé les marches et son visage s'est ouvert.

– Mais il m'en a parlé, de cette photo ! Je reconnais mon Claude. C'est bien lui ! Rien qu'à ses yeux et à son petit air commode ! Un peu effarouchant, vous ne trouvez pas ? Il est pourtant la bonté même, mais tellement soupe-au-lait !... Là, il n'est pas encore rentré. Mais je vais vous dire, c'est mieux comme ça ! Je pourrai le préparer à votre visite... Ça va lui faire un choc, avec son cœur malade..., la coronaire. Repassez vendredi, en fin de journée... Au fait, il s'appelait comment, le photographe ? Il est connu ?

29

J'avais préparé toute une batterie de questions, mais il en était arrivé tout de suite à l'essentiel, à cette vieille douleur d'adolescent d'autrefois, de celle qui est partout et dans tous les cœurs, mais qui ne s'exprime pas sans réticences. Mon Sony clignotait de son œil rouge et je priais pour que la technique ne me trahît pas ! Il était assis en face de moi, dans sa cuisine, et c'est comme si, soudain, il ouvrait pour la première fois les vannes d'une parole trop longtemps contenue.

– Vous comprenez, dans ma famille, j'avais pas intérêt à la ramener ! On me laissait pas le choix ; je devais accepter ce qu'on avait décidé pour moi... Il n'y avait pas beaucoup de compassion dans tout ça. Pour un pet de travers, les coups se mettaient à pleuvoir... Si vous voulez savoir, j'étais harcelé toute la sainte journée. Je sentais bien que je me repliais sur moi-même, à remâcher ma peine. Je n'ouvrais quasiment pas la bouche, c'est bien simple. Et quand on me parlait, c'était pour m'agresser !

Claude est tout pâle, les yeux brillants sous le front bombé. Il bout encore, l'adolescent en salopette à la mèche rebelle, à évoquer ses années à Gondeville. Chez le retraité, c'est le regard d'autrefois, celui de la photo, qui se rallume. Comme si, ce jour d'été, Paul Strand n'avait confisqué son expression que pour mieux la lui rendre à jamais. Oui, c'est bien lui, le jeune homme contrarié, le jeune homme retrouvé d'un autre temps.

Gisèle, sa compagne, nous a servi un vieux porto ramené de vacances au Portugal.

– Et vous avez fini par me retrouver ! Chapeau !... Et tout ça à cause de ma bobine en photo !...

– Une bobine célèbre...

– Faudrait pas me prendre pour lady Diana, tout de même ! Bref, vous vous demandez pourquoi j'étais tant en pétard ?... C'est bien ça ? Je vais vous dire... J'étais pas souvent heureux de ce temps-là. Mon père était un homme droit et franc comme l'or, mais ma mère, pardon ! avec elle, ça rigolait pas tous les jours ! Bref, on finissait juste de déjeuner lorsque cette équipe est arrivée comme un cheveu sur la soupe ! On avait appris par ma sœur qu'un ami de monsieur Roy était au village et qu'il prenait des photos. Ils étaient accompagnés par une petite femme, une brunette, si je me souviens bien. Mon père a discuté un moment avec eux et puis, il s'est retourné vers moi et m'a dit qu'on allait me photographier. Moi, je voulais pas, mais rien qu'à la façon dont le père m'a regardé, j'ai compris que j'avais intérêt à la boucler et à faire ce qu'on me disait. Imaginez bien l'honneur que c'était pour mon père de recevoir chez lui un Américain victime du maccarthysme !... Il s'appelait comment déjà ? Strons ?

– Strand, Paul Strand.

– Strand a commencé à préparer son matériel dans la cour, avec des gestes précis, mais en prenant son temps. Un fourbis énorme !

– C'était le début de l'été ?

– La mi-juillet, je pense... Le temps des moissons. Je venais de terminer mon apprentissage à Ruelle. Je marchais bien. J'étais même sorti premier. Ce que je voulais, c'était faire ajusteur-tourneur. Quand j'avais dit à mon père que je voulais m'inscrire à la rentrée pour le brevet industriel, il avait répondu : « Non, mon garçon ! Tes sœurs n'ont pas pu continuer leurs études, ce sera pareil pour toi ! » J'ai alors appris forgeron, mais c'est pas ça qui me plaisait... Bref, avec cette foutue photo, j'ai pas pu aller à la pêche, ce jour-là. Il faut comprendre que c'était mon seul moment de répit, ma seule distraction, avec personne derrière mon dos à me dire : « Fais ci, fais ça ! » Fallait bien que je lui montre, au photographe, que j'étais pas content ! Il voulait que je le regarde bien en face, alors je l'ai regardé, en espérant qu'il comprendrait le message ! Il en dit long mon regard, vous pensez pas ? Il m'a pas loupé, l'artiste !... Plus tard, je l'ai vue, la photo, quand Claude Roy a offert le livre à mes parents. J'en revenais pas de me retrouver dans un bouquin, moi, le moins que rien ! Dites, Strand, il est mort, forcément ?

Mars 1976. Un peu plus de vingt ans que Paul est entré dans la Chambre noire... Kathe Duncan m'a raconté. L'agonie, les souffrances des derniers jours dans la maison silencieuse d'Orgeval. Une nuit, Paul s'était redressé dans son lit, les yeux grands ouverts. Il avait juste murmuré : « *All my books* !... » Et il était retombé, inconscient. Les livres de sa vie, en guise de viatique. Cette puissante flambée d'images qui lui survivrait. Tous ses *films sur papier*, comme il disait, en un long ruban dévidé jusqu'au bout du rouleau...

– Attendez voir ! 1976 ?... Où j'en étais, moi, à cette époque ? Ah, oui ! Je venais de me mettre à mon compte, après mon divorce. J'avais acheté mon premier car, un vieux 302 Van Hool que je payais à tempérament. Je transportais des groupes pour les mairies de banlieue. Les Troisième Age, la meilleure clientèle. Ils abîment pas !... Après, j'ai pu m'en acheter un second, un Néoplan. Mais avant d'être patron, vous savez ce que je faisais ? Le taxi, pour une compagnie de Malakoff, Espérance-Automobile... C'est tuant, je peux vous dire, avec les gaz des voitures, l'énervement, les agressions, les types qui veulent pas payer et qui vous sautent dessus !... J'ai eu Michèle Morgan, un jour, dans mon sapin, toute effacée, discrète... C'est vrai qu'un taxi, c'est un peu un confessionnal. Une belle femme m'a dit, une fois : « Je peux tout vous raconter de ma vie, comme à un curé ! Je sais que je ne vous reverrai pas ! » Et elle s'est mise à me débiter des trucs intimes. Ça n'empêche pas que c'est un vrai métier de crève-sot, comme on dit en Charente !

30

– On est arrivé à Gondeville le 23 janvier 1942. Il gelait à pierre fendre. J'avais pas encore dix ans...

Accompagné de sa petite famille, Marcel, le père de Claude, avait dû quitter Paris précipitamment, cet hiver-là. Dénoncé par un « bon Français » à la suite d'un sabotage, pas moins ! De la saccharine dans le réservoir à huile d'un camion allemand. Un officier de la Wermacht, son complice, un « rouge » comme lui, avait pu lui procurer un précieux *Ausweis* et faciliter son départ. Pour Marcel Grijalvas, c'était bien un « retour à la terre », puisqu'il était né et avait grandi à Gondeville. Il était parti à vingt-quatre ans pour s'établir comme charretier dans l'Aube, convolant en justes noces avec une demoiselle Dubois, Jeanne. Il avait ensuite trouvé un travail de laveur de voitures dans un garage de la banlieue parisienne. Avant de devenir chauffeur du patron des usines de camions Willem. Claude était né à Livry-Gargan, boulevard du Raincy, en 1932. La famille avait ensuite déménagé à Asnières où Jeanne fut concierge, puis à Paris, 9, passage Cardinet. « A cinq dans un deux-pièces ! »

– On avait pris le train à la gare d'Orsay pour rejoindre Austerlitz. Place de la Concorde, noire comme un four, il y avait des éclairs dans le ciel, des explosions de DCA, le bruit sourd de moteurs d'avions... Le premier vol de bombardiers anglais au-dessus de Paris ! C'était bien notre chance... Aux Aubrais, notre wagon de troisième classe a pris feu. On nous a fait monter dans une autre voiture sans chauffage. Le train est reparti avant d'être bloqué entre Blois et Saint-Pierre-des-Corps. On est revenu aux Aubrais où nous avons attendu jusqu'à sept heures du matin, par moins vingt degrés ! La glace qui s'était formée dans le wagon a commencé à fondre, ça coulait de partout ! A six heures du soir, on était à Angoulême où on a dû attendre longtemps la Micheline pour Jarnac... Je nous revois dans le froid, sur la petite route de Gondeville, avec les pieds à moitié gelés !... La grand-mère Seconde, qui nous attendait depuis le matin, était furieuse. Au souper, on avait dû se contenter d'une soupe au pain et au lard, car le fromage que je lorgnais sur la table était réservé à la grand-mère !... Les jours suivants, on s'était installés tant bien que mal. Quand mon père avait demandé à sa mère un sac de patates, elle lui avait répondu : « J'en ai pas assez pour mes cochons !... » On s'est donc tous mis aux topinambours ! Vous connaissez ça, les topinambours rouges ? C'est pas gras !... Tout de suite, les gens de Gondeville nous ont fait sentir que nous n'étions que des « rapportés », non seulement des Parisiens, mais en plus des communistes !... Il y en avait un, dans le village, dont on devait se méfier, celui qu'on appelait Pic, à cause de sa jambe de bois. Il recevait des Allemands chez lui. Un matin, la Gestapo est venue à la maison, suite à une dénonciation : dans un rang de vigne, mon père se serait félicité de la défaite des Allemands à Stalingrad !... Il n'y avait pas eu de suite, mais on ne m'enlèvera pas de l'idée que c'était Pic, le mouchard. N'oubliez pas que nous étions la famille au couteau entre les dents pour les gens du village ! Après le débarquement, beaucoup s'étaient imaginé que mon père avait participé au sabotage d'un train de munitions allemand qui avait explosé en pleine nuit à quelques centaines de mètres de chez nous. C'était la Wermacht qui l'avait fait sauter pour qu'il ne tombe pas aux mains du maquis !

Je m'en souviens, aussi surprenant que cela puisse paraître. La charge de dynamite mise à feu, une nuit d'août 1944, fait partie des souvenirs de ma prime enfance. Une formidable explosion m'avait réveillé en sursaut, faisant trembler les vitres et brisant le lustre du salon. Le train de munitions dont parle Claude venait de partir en fumée, projetant des débris d'acier à plusieurs centaines de mètres alentour, entre Saint-Même et Gondeville. « Les Allemands anéantissent leurs stocks de munitions et leurs réserves de mort en conserve, avait noté mon père, tout juste revenu de captivité, dans son petit carnet à spirale couleur orange. Voilà le désarmement qui commence ! »

Dans les jours qui suivirent, avec mes mère et grand-mère, comme la plupart des Jarnacais, nous sommes allés voir sur place. Les arbres, les haies, les cultures, tout était haché menu, la terre labourée en profondeur. Une roue de locomotive était venue s'encastrer dans un tronc d'arbre. L'image m'en est restée comme un tableau de Magritte.

31

– Ça me bouleverse un peu de les revoir tous les deux, dans votre livre, mes parents !... Ma mère, son regard vous fusille à bout portant, non ? Mon père, lui, a l'air du brave homme qu'il était... J'aurais pu être très heureux, en fin de compte, même si c'était pas l'abondance à la maison. Mais voilà, j'étais le pas-désiré, le pas-aimé. Poil-de-Carotte, celui qui n'aurait pas dû naître ! On me le faisait sentir à tout bout de champ. Pour un oui, pour un non, on me cognait dessus. Le jour du mariage de ma sœur aînée, je ne sais plus pourquoi, ma mère m'a cassé un manche à balai sur l'échine !

– Vous vous plaisiez à l'école ?

– J'avais que des misères avec la maîtresse, Madame Simon. En pleine classe, elle m'avait traité un jour de « païen ». « Claude est un païen ! » Sortir ça à un gosse de dix-onze ans, parce que sa famille ne va pas à l'église !... D'un autre côté, c'est vrai qu'on était des entêtés ! Pas question de plier le genou ! Moi, voyez-vous j'ai toujours été fier ; d'une fierté effacée, je dirais. On était éduqués comme ça. « Le chemin est tout tracé devant toi, mon petit Claude. Il n'y a pas de biais, c'est comme ça qu'il faut marcher. Tout droit ! » Par la suite, dans la vie, j'aurais préféré ne pas manger plutôt que de m'abaisser !... Voyez, en y repensant, je me dis que le photographe avait dû comprendre tout ça, avec son coup d'œil américain !

Un an plus tard, Claude part au service militaire, dans l'armée de l'air, à la base de Cognac. Et épouse Annie qu'il a rencontrée au bal. Il a quartier libre tous les soirs. Puis il est affecté au Maroc. En 1955, il fera partie des premiers « rappelés » en Algérie, très vite écœuré par « l'immoralité de l'armée ». Caporal-chef, il découvre la réalité de la « pacification » au jour le jour. « Et encore, précise-t-il, je n'ai pas vu le pire ! » Au même moment, au village, sa sœur Suzanne colle sur les murs les affiches du parti communiste : « Paix en Algérie ! »

Félix Gaillard, autre fils de Charente, sera bientôt président du Conseil. C'est lui qui couvrira le bombardement de Sakiet-Sidi-Youssef, en Tunisie, de l'autre côté de la frontière. Un village comme eût pu en photographier Paul Strand, avec ses habitants devant leur échoppe, un jour de marché. Les photos qui parurent dans la presse étaient tout autres : corps mutilés, enfants déchiquetés, « martyrs innocents ».

Démobilisé quinze mois plus tard, Claude

vient retravailler à la ferme des parents, avec sa jeune femme et son premier enfant. Mais ça se passe mal, et il trouve une place de forgeron dans une entreprise de travaux publics. L'été, il « faucarde » sur la Charente, dans un bateau plat équipé d'une scie dentelée.

– Je payais une pension à ma mère, douze mille francs anciens par mois, c'était de l'exploitation ! J'ai trouvé quelque chose à louer à Châteauneuf, où nous nous sommes installés.

A la fin des années 50, il entrera au Gaz de Lacq, comme soudeur, avant de rejoindre des entreprises de mécanique, à Corbeil et Malakoff.

– Et puis, en 1961, après un accident du travail – je m'étais mouché un pouce à la meule –, je me suis inscrit à l'école des taxis... En fait, je vais vous dire, au moment où la photo a été prise, je savais déjà que je ferais pas ma vie à Gondeville. Je n'avais qu'une idée en tête : m'éloigner de mon village et de ma famille !

32

J'étais déjà venu chez Claude Roy, il y a quelques années, avec mon père. A Paris, rue Dauphine, troisième étage sans ascenseur. La chatte très noire, sur sa rame de papier blanc, a ouvert un œil quand je suis entré. C'est de cet observatoire qu'elle a suivi la plume agile de son maître lorsqu'elle courait au fil des pages de ses « livres de bord ». Ceux où il se « rassemble », le cœur gai et l'âme triste. Se méfiant des idées arrêtées comme des airs entendus, dans sa traversée du siècle.

– Est-ce que le jeune homme au portrait se souvenait de nous, arrivant chez lui à l'improviste, Paul, Hazel et moi ? m'avait-il demandé, inversant les rôles.

Je lui avais donc résumé toute l'affaire ; cette enquête buissonnière dans une boucle de la Charente en même temps que dans la boucle d'une photo. Lui m'avait tendu l'autre photo, celle d'Hazel où on le voit avec sa belle chemise à fleurs américaine d'après guerre, assis sur une charrette, derrière Paul Strand s'affairant à son Graflex, au premier plan.

– Vous la connaissiez déjà ! C'est la preuve par neuf, n'est-ce pas ? L'arroseur arrosé... Vous savez, Paul était merveilleux à Gondeville. Il arrivait à se fondre complètement dans l'environnement. Et sa patience était infinie, c'est bien ce qui se dégage de cette photo.

Il est très pâle, presque translucide. Il se déplace à petits pas parcimonieux, il parle lentement, le souffle court, en souriant imperceptiblement. Ce sourire plissé de ses yeux bleus qui prend la juste mesure des choses.

– Deux ou trois jours plus tard, nous avons découvert le portrait du jeune homme parmi les tirages confiés au photographe de Jarnac, Suire...

Fernand Suire, c'est chez lui, moi aussi, que je faisais développer les rouleaux de mon Brownie-Flash ! Un matin, Claude Roy était entré dans sa boutique, accompagné d'un ami. « Il me l'avait présenté comme un grand artiste américain de passage chez lui. Et il m'avait traduit ses desiderata... J'avais une frousse bleue de faire une fausse manœuvre dans la chambre noire. Mais tout s'était bien passé. Paul Strand avait paru satisfait du résultat. »

Suire est l'auteur de belles cartes postales dentelées en noir et blanc où peut se lire « toute l'âme de la Charente », comme disent les dépliants touristiques. Celles de Gondeville, en particulier, du temps où Claude Grijalvas y vivait encore : l'entrée du bourg endormi, avec ses murets de pierres sèches au bout desquels on aperçoit le pignon de la ferme où Suzanne exposait ses affiches et ses convictions. La place de l'Église et ses marronniers. Le vieux moulin sur la Charente...

– Paul commentait rarement son travail, et seulement en termes techniques. Sans doute s'était-il soucié de la qualité du tirage, comme toujours. Mais moi, j'étais médusé ! La fulmination du regard du jeune homme prenait toute sa signification. Comme un petit Athénien courageux qui s'apprête à affronter le Minotaure dans le labyrinthe !... Plus tard, à ceux qui m'interrogeaient, je répondais : « C'est un jeune homme de chez moi. Je le connais. J'étais là !... » J'aime que ce soit vous, le fils de mon ami Pierre, qui preniez aujourd'hui le relais ! Pour retrouver la lumière de cet été-là. Car vous y étiez, n'est-ce pas, dans la cour des Grijalvas ? Caché dans un coin comme une petite souris !

En traversant le Pont-Neuf, j'ai ouvert le livre que Claude m'avait offert, ses *Poèmes à pas de loup*, où les images d'autrefois reviennent sous sa plume :

> *La grande maison de pierre et de lierre*
> *au bord de la rivière où ruisselle un barrage...*

Gondeville n'est pas loin dans le soir qui tombe. Ni l'enfance du poète au bord de l'eau qui coule.

33

Claude Grijalvas s'est laissé convaincre de revenir à Gondeville où il n'a plus remis les pieds depuis la mort de son père, pour les obsèques duquel on ne l'avait pas prévenu à temps.

– Je vous le confie, prenez soin de lui, m'avait recommandé Gisèle avant de partir. Il ne faudra pas me le fatiguer, ni lui faire trop d'émotion !...

La secrétaire de mairie de Gondeville nous attendait à la gare d'Angoulême. La départementale d'autrefois suit toujours le cours sinueux de la Charente, monte et descend de creux en bosses. Les noms des villages que nous traversons – La Vigerie, Hiersac, Bassac, Saint-Simon, Triac, Lautrait... – sont tous associés à des souvenirs de mon enfance. C'est cette route que nous prenions, dans l'autre sens, lorsque mon père nous emmenait au cinéma, à Angoulême, sur sa grosse Norton noire, ma mère et moi, après la guerre. Trente kilomètres, bien serré, bien au chaud entre mes parents. Ce cocon sur deux roues m'emmenait au bout du monde, avec les effluves de l'aventure qui me fouettaient le visage...

Après Jarnac, la place du Château et les ponts sur la Charente, nous nous engageons sur la petite route de Gondeville, entre les peupliers de la grande prairie. Claude en reconnaît chaque coude, chaque parcelle de terre, chaque ferme, dont beaucoup sont à l'abandon. A l'entrée du village, nous prenons sur la droite, direction l'école communale. L'instituteur nous attend sous le préau et nous fait entrer dans sa classe.

– Les enfants, je vous présente monsieur Grijalvas. Comme vous le savez, il a été élève ici, avant vous. Il vient de la banlieue parisienne pour revoir son village. Nous avons préparé tous ensemble les questions que vous avez envie de lui poser... Allez-y, mais chacun à votre tour !

Un petit blond lève la main le premier.

– On jouait à quoi, à la récré, de votre temps ?

– Aux billes et aux capsules. Les capsules, ça vous dit rien ? Des capsules de bouteilles qu'on pousse entre le pouce et l'index...

– Vous étiez fort en quoi, en classe ?

– En maths.

– Et mauvais en quoi ?

– En français !

Beaucoup de mains se lèvent.

– M'sieur, m'sieur !

L'instituteur leur donne la parole à tour de rôle.

– Le village était différent ?

– C'était une autre époque ! Tout le monde travaillait à la terre, les charrettes traversaient le village. Et les faucheuses, les javeleuses. Les premiers tracteurs arrivaient, les premières moissonneuses-batteuses pour les riches. Dans la famille, on avait juste un cheval et deux bœufs !... Sans oublier la machine à crève-sot ! Oui, une une batteuse à manivelle pour battre le grain !

– Vous n'étiez pas riche ?

– On avait de quoi vivre... Il y en avait qui étaient plus mal lotis que nous. Les ouvriers agricoles, par exemple. « Les journaliers sont les damnés de la terre », disait toujours mon père.

– Vous aviez la télé ?

– On savait même pas que ça existait !

– Vous deviez vous ennuyer, alors ?

– On m'en laissait pas le temps ! A la ferme, on avait toujours de quoi s'occuper. Après l'école, il fallait aider les parents, au jardin, à l'étable, donner à boire aux bêtes, faire leur litière, les rentrer du pré... Tirer les cavaillons dans les vignes, scier du bois pour la cuisinière...

– Est-ce que vous me reconnaissez sur la photo ? demande Claude à son tour.

– Oh, oui ! M'sieur !... Et le photographe, il vous avait payé ?

– Mon père n'aurait pas accepté !

– On peut avoir un autographe, M'sieur ?

Claude rit, un peu surpris, et s'exécute.

– Vous me prenez pour une vedette !

Un vin d'honneur nous attend à la mairie, mais Claude souhaite passer d'abord au cimetière. Un tout petit cimetière au milieu des vignes, où le gravier crisse sous les pas. La sépulture de ses parents est là, au milieu des autres, celles de monsieur et madame Pelletier, du père Laire, de madame Villedary... Une pierre tombale et une petite stèle avec leurs photos-médaillons au-dessus de leurs noms : Marcel (1900-1984) et Jeanne (1902-1987), née Dubois. Une épitaphe est gravée dans la pierre. Celle dont m'a parlé l'autre jour Marie-Claude, la fille de Claude.

J'en retiens les mots bien pesés : *Courage, labeur, honnêteté, bleu de travail, mains abîmées, sillon de la vie...*

Au mur de la salle de réception, à la mairie, Annie Davy a accroché la photo de Claude sous le buste d'une Marianne IIIe République. On vient serrer la main du fils prodigue. Madame Mémain l'embrasse. Une bonne partie du village est là. Tous ceux qui ont connu le héros du jour, et les autres, qui sont venus par curiosité. C'est un événement, tout de même !

Annie prend la parole :

– Mes chers administrés, je lève mon verre en l'honneur de l'enfant du pays ! Bienvenue à Claude et merci à celui qui nous l'a ramené sain et sauf... Ici, on n'a pas oublié la famille Grijalvas, en dépit des clivages politiques d'un autre temps !... Grâce à la photo du jeune homme de Gondeville, c'est tout notre village qui a fait le tour du monde !...

Claude remercie, la gorge un peu nouée. Mais il tient à préciser :

– La photo, notez bien, j'y suis pour rien ! Si ça n'avait tenu qu'à moi...

Le correspondant local de *Sud-Ouest*, qui a pris quelques photos, s'isole un moment avec Claude pour l'interviewer. Puis nous nous retrouvons sur la place de l'Église, là où les soirs d'été le père Grijalvas prenait le frais.

– Mais ils ont rogné le clocher, dites voir !

– Oui, explique madame Mémain, la poutraison était mangée par les termites. On a choisi la solution la plus économique.

Claude essuie une larme en entrant dans la cour de la ferme de ses parents où nous accueillent les nouveaux propriétaires.

– Au premier, c'était la fenêtre de ma chambre... Et le portail, tenez, le bois a travaillé, il a noirci, mais il a pas bougé. Je reconnais les ferrures, les gros clous... Un soir, y avait eu sérénade parce que j'avais perdu la clé. J'avais dû la chercher sous la pluie, avec une lampe de poche !... Là, le gros noyer, c'est moi qui l'ai planté...

– Mais pourquoi que vous êtes si célèbre ? hasarde la fille des propriétaires.

Claude sourit, matois et un peu faraud.

– C'est pas moi, c'est la photo !... Moi, je savais pas qu'on la connaissait dans le monde entier, ma trombine ! Elle en voit du pays. Elle voyage pour moi. Rendez-vous compte, dans des musées, rien que dans des musées ! Et tout le monde continue à se demander pourquoi je faisais cette tête-là. C'est pourtant pas sorcier à comprendre...

Claude me prend par le bras.

– J'ai bien appris ma leçon, dites ?... Si vous veniez plutôt voir mon coin de pêche !...

C'est au bord d'un bras de la Charente envahi d'herbes et de lentilles d'eau.

– Je me tenais là avec ma canne à pêche en bambou, et j'attendais que ça morde ! C'était bien le seul moment où j'étais capable de maîtriser mon impatience. Le silence m'apaisait. J'étais seul au monde... Ma plus belle prise ? Un brochet de six livres. Je l'observais depuis un moment ; je l'avais déjà vu d'autres fois, avec sa gueule effilée et son œil fixe, complètement immobile dans les herbes. Il faisait semblant de pas voir mon ver. Et puis, dans un éclair, il s'est jeté dessus... Le bouchon a filé, la ligne s'est pliée. Il m'a fallu plus d'un quart d'heure pour le sortir de l'eau. Il donnait des coups de queue furieux. J'avais peur qu'il se décroche de l'hameçon ou me bousille mon fourbis. Après, je l'ai attrapé à pleines mains, tout glissant et tout visqueux, et je l'ai assommé d'un coup de pierre sur la tête. J'étais pas peu fier en rentrant à la maison !

Tout à côté, à mon tour, j'ai montré à Claude la gargote au bord de l'eau où se réunissaient les poètes de *La Tour de Feu*, le 14 juillet, autour de mon père, l'entraîneur de la bande. Agapes poétiques et fraternelles. Fritures de goujons arrosées de blanc sec.

– C'était chez Baumard, se souvient Claude. Ça faisait dancing, le dimanche. Aux pieds qui remuent, comme on disait ! Ma mère n'aimait pourtant pas trop que j'aille danser. « Tu vas encore te frotter aux drôlesses !... » Les filles du coin m'évitaient le plus souvent parce que j'étais un fils de communiste ! Du reste, moi, j'avais l'idée d'épouser une Parisienne ! C'était ma chimère.

34

Sous un ciel qui se couvre, la lumière gris-perle est aussi vive que certain jour de l'été 1951. François Huchet s'affaire à son Hasselblad à moteur. C'est lui le photographe qui rêvait de refaire la photo du jeune homme devant son portail ! Tout à l'heure, nous l'avons retrouvé à l'auberge de Bassac, sous les tilleuls, où j'avais réservé une table. « Je me demande ce que vous allez faire avec un vieux fossile comme moi ? » lui avait dit Claude.

Maintenant, dans la cour de la ferme, le fils Grijalvas feuillette le livre posthume de Paul Strand, *On My Doorstep*, que le photographe a apporté. L'édition américaine a préféré au *Young Boy*, pour la jaquette, la petite *Apprentie* de Luzzara, si touchante avec son chapeau de paille d'Italie et sa blouse noire bien boutonnée.

– Les Américains n'ont pas aimé ma fiole ! soupire Claude...

– On va pouvoir y aller, lance le photographe... Ne me regardez pas, fixez l'objectif, ou ma main gauche, si vous préférez... Collez-vous bien au portail, un peu plus à gauche, la serrure à la hauteur de votre épaule. Oui, serrez les mâchoires ! Plus noir, votre regard... Dites-vous que je vous emmerde, avec mon appareil, et que vous n'avez qu'une envie, c'est de me voir ficher le camp !... Comme ça, oui, c'est parfait.

Claude est concentré. Il s'éponge le front.

– Vous êtes plus directif que monsieur Strand. Lui, il parlait pas, et c'est ce qui m'impressionnait le plus.

– Bien, très bien ! reprend Huchet... Comme tout à l'heure, plus agressif, plus impatient... Pensez au jeune homme, pensez-vous *jeune homme* !...

Claude se cabre soudain. C'est ce qu'attendait sans doute le photographe : ce regard qui fulmine, comme autrefois devant l'Américain, voleur de temps et peseur d'âme. Il s'emporte et sa voix tremble :

– Ah, non ! les gars ; je veux pas jouer à ça, moi ! Y'a plus de jeune homme. Avec la vacherie de vie que j'ai eue. Et cinq enfants à élever...

Il remonte sa mèche d'une main qui tremble un peu et tousse pour se libérer du sanglot qui lui monte à la gorge.

– Mes enfants, je les vois plus depuis mon divorce... La photo, au fait, vous savez qu'elle aurait pu me nuire ?... Vous allez rire. J'étais à l'hôpital de La Salpétrière pour un accident du travail. Un matin, le médecin arrive et me dit comme ça : « Comment va le paranoïaque ? » Je le regarde sans comprendre... « Oui, quelqu'un de votre famille m'a montré une photo de vous, jeune homme, en me faisant remarquer que vous n'aviez pas les yeux d'un type tout à fait normal !... » Fallait quand même m'en vouloir pour me faire passer pour paranoïaque, non ? Vous vous rendez compte !...

C'est brusquement l'orage. Tonnerre et éclairs juste au-dessus de nous. De grosses gouttes tièdes crépitent sur le sol de la cour. Nous nous mettons à l'abri dans la pénombre du chai à vin du père Grijalvas.

– Je savais bien qu'il y avait de l'électricité dans l'air ! plaisante Claude... Tenez, je vais vous montrer quelque chose.

Au fond du chai, il hésite, donne un tour de clé et entrouvre une porte basse.

– Vous voyez cette grille, au fond de la ruelle ? C'est moi qui l'ai faite ! Avec mes mains... Des heures et des heures à forger les volutes, tout au marteau et à l'enclume, à me rôtir la couenne ! Vous auriez dû me voir ! J'aurais voulu en faire beaucoup comme celle-là. Mais la vie en a décidé autrement ! Vous me feriez plaisir en prenant une photo de ma grille. Y aura assez de lumière ?

35

– Je ne sais pas si je dois vous remercier ! plaisante à demi Gisèle au téléphone... Je me demande ce que vous lui avez fait, mais je peux vous dire qu'il a repris du poil de la bête ! Un jeune homme, il est redevenu un jeune homme... Tenez, je vous le passe. Il veut vous parler.

– Elle exagère toujours, bougonne Claude... Mais ce qui est vrai, c'est ce que vous m'avez dit l'autre jour. J'y ai repensé... Vous vous souvenez ? Qu'on recherche tous, à tâtons, à se réconcilier avec soi-même ! Eh bien ! j'ai l'impression d'être sur la bonne voie !

Il y a des photos dont le temps de pose exige une longue patience.

J'ai tiré un fil et tout le reste est venu avec.

BIBLIOGRAPHIE

La France de profil, Paul Strand et Claude Roy, La Guilde du Livre, Lausanne, 1952.

Le Monde à ma porte, Paul Strand, La Martinière, Paris, 1994.

Paul Strand, Essays on his Life and Work, Aperture, New York, 1990.

La mer à boire, Claude Roy, Julliard, Paris, 1944.

Nous, Claude Roy, Gallimard, Paris, 1972.

Un mauvais Français, Pierre Boujut, Arléa, Paris, 1989.

« L'Alliance des villages », *La Tour du Feu* n° 43, Jarnac, 1954.

Cinéparoles, Cesare Zavattini, Denoël-Lettres nouvelles, Paris, 1971.

La Chambre claire, Roland Barthes, Cahiers du cinéma, Gallimard-Seuil, Paris, 1980.

Nouvelle Histoire de la photographie, sous la direction de Michel Frizot, Bordas-Adam Biro, Paris, 1994.

Enquête sur une Marandaise, François Julien-Labruyère, Le Croît vif, Paris, 1993.

Mémoire de l'oubli, la photographie populaire en Charente, 1880-1920. Musée municipal d'Angoulême, 1983.

TRANSCODÉ
ET ACHEVÉ D'IMPRIMER
EN JANVIER 1998
SUR LES PRESSES DE
L'IMPRIMERIE HÉRISSEY
A ÉVREUX (EURE)

Numéro d'édition : 0389
Numéro d'impression : 78897
Dépôt légal : février 1998
Imprimé en France